Erla Stefánsdóttir
Erlas Elfengeschichten

W0085622

Erla Stefánsdóttir

Erlas Elfengeschichten

Die »isländische
Elfenbeauftragte«
erzählt

1. Auflage 2011

Erla Stefánsdóttir
Erlas Elfengeschichten

Aus dem Isländischen von Hiltrud Hildur Guðmundsdóttir

Titelseite:
Illustration: Erla Stefánsdóttir
Gestaltung: Dragon Design, GB

Satz und Gestaltung:
Dragon Design, GB
Gesetzt aus der Minion

Gesamtherstellung: Appel & Klinger, Schneckenlohe

Printed in Germany

ISBN 978-3-89060-593-7

Neue Erde GmbH
Cecilienstr. 29 · 66111 Saarbrücken · Deutschland · Planet Erde
www.neue-erde.de

Inhalt

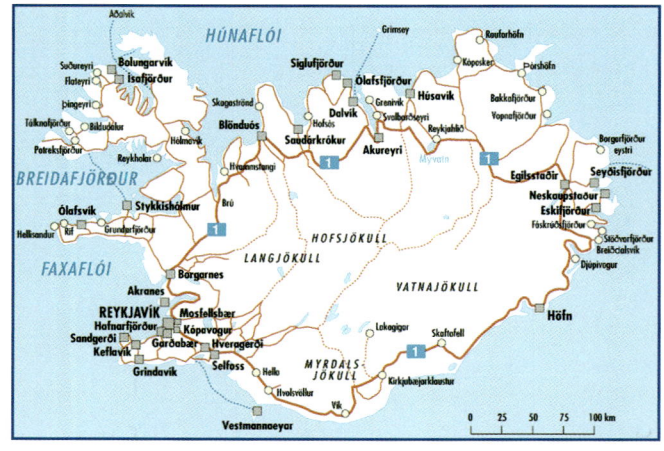

Anmerkung der Übersetzerin:

Im isländischen Lexikon steht Folgendes über das Huldu-fólk:

Der isländische und auch der irische Volksglaube berichtet vom Huldufólk. Das sind Schutzgeister, sie sind unsichtbar und wohnen in Felsen, Hügeln und Steinen. Sie zeigen sich nur Menschen, die die Gabe des Hellsehens besitzen. Das Huldufólk gleicht im Aussehen und Verhalten den Menschen, ist aber würdevoller und schöner anzusehen.

Der Volksglaube berichtet, daß einige Kinder von Adam und Eva unsichtbar bleiben sollten. Eva hatte sie nämlich noch nicht gewaschen, als Gott zu Besuch kam, und sie versteckte sie deswegen. Da sagte Gott, daß sie dann auch den Menschen verborgen sein sollten.

Es gibt viele Sagen, die von einem guten Zusammenleben der Menschen und des Huldufólks berichten, doch wenn z. B. ihre Wohnungen zerstört werden, kann den Schuldigen ein Mißgeschick treffen.

Zur Aussprache des Isländischen und häufiger vorkommenden Wörtern in Namen:

Þ steht nur am Anfang eines Wortes und wird wie das englische Th ausgesprochen z. B. in »Thing« = Parlament

ð wird auch wie das englische Th ausgesprochen, steht nur im Wort oder am Ende. Beispiel: það = das (gesprochen mit englischem Th am Anfang und Ende).

Wörter mit ll werden wie dl ausgesprochen: Hellisheiði (Höhlenheide) = hedlisheiði. Jökull = jöküdl.

Die Buchstaben á, é, í, ó, ú, ý, æ werden neben den uns bekannten im Isländischen verwendet.

Erlas Name wird Erdla und Stefánsdóttir wird Stefaunsdouttir ausgesprochen.

In Hveragerði (auch Hveravellir und Mývatn) gibt es heiße Quellen. Hver ist der Name dafür.

Wasser/See = vatn; Wasserfall = foss; Feuer = eld; Vulkan = eldfjall; Fluß = fljót, auch á; Tal = dal; Berg = fell oder fjall; Gletscher = jökull.

Einführung: Über das Leben

Die ganze Natur ist voll Leben, einem Leben in zahllosen Bildern. Alles hat ein inneres Leben, und die Entwicklung der Elfen zeigt das innere Leben der Natur.

Hier möchte ich dir diese Welt aus meiner Sicht vorführen, so wie ich sie und die Natur erlebe. Man kann sagen, daß mein Erleben ein Märchen ist, zumindest für diejenigen, die anders sehen und fühlen. Ich habe aber schon früher über die Welten, die zu dieser Welt gehören, geschrieben. Das findet man in meinem Buch: *Lífssýn mín*.

Jetzt werde ich versuchen, dir zu schildern, wie ich die Welt wahrnehme, doch warum gerade ich sie auf diese Weise wahrnehme, weiß ich nicht. Wahrscheinlich ist es die Suche nach Gott, die mich vorwärts treibt.

Du sollst aber nicht glauben, daß ich anders bin als du, und ich weiß, daß auch du auf deine Art und Weise wahrnehmen kannst; wir alle haben Wahrnehmungen, und die Menschen überlegen, ob man das innere oder äußere Wahrnehmung nennen soll. Könnte es sein, daß die äußere auch die innere ist? Wann sehen wir und wann schauen wir? Hören wir immer zu, wenn wir hören?

Ich bin ganz sicher, daß wir mehr wahrnehmen könnten, wenn wir wollten. Man kann z. B. immer etwas Neues sehen. Wenn wir die inneren Wahrnehmungen – oder die äußeren – nutzen, können wir uns auch noch in der Zeit irren und erleben, daß alle Zeit nur eine ist. Ich weiß, daß sich das komisch anhört, doch das ist nun einmal so. Es ist schwierig, Gegenwart, Vergangenheit und Zukunft nicht durcheinander zu bringen, wahrscheinlich ist das auch nicht immer möglich.

Doch jetzt kommt das, was ich erzählen will. Ich möchte dir nämlich von meiner »Märchenwelt« erzählen.

Bis zum heutigen Tag sehe ich immer wieder etwas Neues und stelle dabei fest, daß das, was ich sehe, andere gewöhnlich nicht sehen. Deshalb möchte ich dir von der Natur und den Wesen, die darin leben, erzählen.

Wir Menschen glauben, daß uns die Erde gehört, aber das ist nicht so. Den Wesen der Natur gehören die Länder und Meere, wir sind hier nur Gäste, denn die Elfen und diese unsichtbaren, verborgenen Naturwesen waren schon lange vor den Menschen hier. Wir sollen diese Welt erhalten, wir sollen die Erdenmutter und die Natur achten, nicht zerstören, vergiften und andere Arten ausrotten.

Ich finde es etwas armselig, nur von »Verborgenen« (Huldufólk) und »Elfen« zu sprechen. Als ich begann, Naturwesen zu zeichnen und zu beschreiben, schaute ich im Wörterbuch der Isländischen Hochschule nach und fand dort viele Wörter, die diesen Wesen Namen geben, wie z. B.: Ljúflingar (Lieblinge), Engel, Feen, Lichtelfen, Zwerge, Gnome, Elfen, Landwächter, Bergfeen, Trolle,

Schutzwächter, Wassernymphen, Meermännlein, Meermaiden, Seekühe, Seepferde und noch mehr. Danach konnte ich anfangen, diese unterschiedlichen Wesen einzuordnen.

Es gibt unzählig viele Arten auf vielen Ebenen. Das sind mehr, als alle Völkerstämme dieser Welt. Wir Isländer wollen uns ja auch nicht mit den Dänen oder Chinesen verwechseln lassen, obwohl das nette Leute sind.

Zu allererst muß ich daran erinnern, daß jedes Menschenwesen auf sieben mal sieben Frequenz-Ebenen existiert, wie auch die Erde und die Natur. Wir sollten nicht annehmen, daß die Natur ärmlicher als wir Menschenwesen ausgestattet ist.

Die Erde hat einen Energiemantel, der ein Ausströmen und gleichzeitig ein Kreislauf des Lebens ist. Er existiert nicht nur in einer Dimension, sondern in sieben mal sieben Sphären oder Ebenen. Der Kreislauf des Lebens ist als Energiebahnen oder Wege in verschiedenen Farben zu sehen, und auf diesen Wegen sind Energiepunkte, die wir für uns nutzen sollten. Diese Energiebahnen verbinden auch die Vegetationsgürtel des Landes und die Elfenwelten. Deshalb möchte ich dich bitten, zu meditieren und deine innere Wahrnehmung zu stärken und zu schulen, damit du in dir dieses märchenhafte Abenteuer der Natur erleben kannst.

Die isländische Natur ist anders als in anderen nordischen Ländern, unsere Naturwesen beweisen das. In den Wäldern in Skandinavien leben allerlei wunderliche Wesen, wie Panelfen und Huldren, die man hier in unseren Wäldern nicht finden kann. In unseren Waldgebieten gibt es alle möglichen Waldfeen und Ljúflingar (Lieblinge). Ein besonderes Wesen ist in jedem Baum und jeder Blume. Die Waldfeen sind so schön wie junge Menschen anzusehen, viele haben Flügel, manche sehen aus wie große Fliegen oder Schmetterlinge. Sie entsprechen den Arten der Bäume. Die Wesen der Tannen unterscheiden sich deutlich, ebenso wie die der Birken, der Ebereschen, der Alaskapappeln, Kiefern und Ulmen, des Ahorn oder der Lärchen. Wenn in einem Waldstück viele verschiedene Baumarten sind, dann sehen die Wesen dort auch ganz verschieden aus.

Oft redet man von all den Elfengeschlechtern als Elfen, doch unter diesem Begriff findest du all diese Wesen, die ich schon aufgezählt habe, dazu kommen noch alle Zwerge in der Lava, die Feuergeister, Moorwesen, Lichtelfen, Schutzwächter und Engel. Sogar in jedem Haus sind allerlei Wesen, etwa Hauszwerge. Diese Hauszwerge sind etwa so groß wie drei- bis fünfjährige Kinder. Das sind alte Männlein oder Weiblein, die 100 - 500 Jahre alt sein können. Sie gehören oft zu den Familien und ziehen mit um, wenn die Menschen ihren Wohnsitz wechseln. Meist ist einer in jedem Haushalt, ich habe aber auch schon mehrere gesehen, besonders wenn Kinder in der Familie sind.

Wenn wir viele Bücher besitzen, kann man diese kleinen Wesen beobachten, wie sie in den Bücherregalen hinauf und hinunter klettern. Sie werden auch ganz munter, wenn sie Musik hören. Wenn ich mich ans Klavier setze, um zu spielen, sind sie vor meinen Fingern. Wenn wir Blumen haben, gibt es in unserem Heim auch Blumenelfen. Sie sind verschiedenartig: Zur Sommerzeit erscheinen Blumenelfen mit vielfarbigen Flügeln, außerdem gibt es in jeder Blume oder Topfpflanze auch ortsgebundene Wesen. Und man kann ihnen ansehen, wie es der Pflanze geht.

Manche Blumenelfen sehen aus, als hätten sie eine Art Gefieder in vielen starken Farben. Draußen vor dem Haus kleiden sie sich in den Farben der sich öffnenden Blüten.

Und drinnen im Haus sind auch noch klitzekleine Wesen, etwa einen oder eineinhalb Zentimeter groß, ganz kleine Engelchen. Sie glitzern und blinken; als ich klein war, glaubte ich, daß sie auf die Luft und auf den Sauerstoff aufpassen; doch heute bezweifle ich das.

Die Wesen, die ich aufgezählt habe, können einander nicht sehen, sie befinden sich nämlich nicht alle auf derselben Wellenlänge oder Ebene.

Die Menschen finden es komisch, wenn man von verschiedenen Welten, Ebenen oder Wellenlängen spricht. Andererseits wundert sich niemand, daß es unterschiedliche Radiowellen gibt; und dann noch diese drahtlosen

Telefone und allerlei Sendegeräte, jedes auf einer anderen Wellenlänge oder Ebene.

Die Hauszwerge sind sehr gern zuhause, zumindest meiner. Jetzt geht er nur noch zweimal im Jahr aus dem Haus: zum Jahreswechsel und an Johanni. Ob er dann mit der Elfenkönigin tanzt, weiß ich nicht. Doch wenn er sich verabschiedet, steht er mit einem Reisekoffer neben mir, erscheint aber schon am nächsten Tag wieder. Wahrscheinlich haben sie eine andere Zeit als wir, mir scheint sie zu kurz für weite Reisen.

Draußen im Garten sind noch viel mehr Wesen, z. B. gibt es ganz kleine Wesen im Gras, die sich nicht aufregen, wenn sich die Mähmaschine nähert. Denn sie befindet sich auf einer anderen Ebene, zum Glück! Als ich ein kleines Mädchen war, verwechselte ich Schmetterlinge und Blumenelfen, auch fand ich komisch, daß meine Freundinnen solche Wesen immer nur im Juli und August sahen. Inzwischen weiß ich, daß die Schmetterlinge zur materiellen Ebene gehören, doch die Blumenelfen sind in derselben Ebene wie die Ausstrahlung der Schmetterlinge und Vögel.

Baumelfen sind sehr verschieden, ein Wesen ist in jedem Baum, doch in Tannen und Kiefern sind mehrere Wesen, Männlein und Weiblein. Wenn man einen Weihnachtsbaum auswählen will, ist es praktisch, so gut wie ich zu sehen, wenn nämlich zu dem gewählten Baum solche

Wesen gehören, hält er sich länger. Doch komisch ist, daß manche Bäume männlichen und andere weiblichen Geschlechts sind. Manche Baumwesen wohnen im Baumstamm, kuscheln sich zur Winterzeit zusammen und schlafen. Dann gibt es auch Baumwesen, die herumhüpfen oder fliegen, genau wie die Waldwesen in den großen Wäldern im Ausland. Das hängt wohl auch vom Alter der Bäume ab. Man kann auch etwas wie Schutzgeister sehen, die zu großen Waldgebieten gehören. Das sind große, helle Wesen über Gebieten wie dem Kjarnaskógur, Vaglaskógur, Bæjarstaðaskógur, Hallormstaðaskógur und noch an anderen Stellen.

Oft leben Erdzwerge dort in ihren Häusern, wo die Leute sagen, das seien doch nur Grashöcker. Ihre Häuser sind sehr schön, richtige kleine Kunstwerke. Rund um die Fenster sind sie liebevoll verziert, mit Schnitzereien oder aufgemalten Blumengirlanden. Ich erinnere mich noch gut: Als kleines Mädchen konnte ich stundenlang auf der Erde liegen und alles betrachten. Das war eine richtige Puppenwelt.

Alle Erdzwerge und Zwerge befinden sich auf den untersten Ebenen der blauen Welt. Das ist die Welt, in die wir hineinsterben, wenn – wie man sagt – »der Ruf an uns ergeht«. Das Besondere bei diesen Wesen ist, daß sie weder sterben noch ihre Ebene verlassen, wie das bei den meisten Lebewesen geschieht. Sie verwahren deshalb die

Kinderwiegen und Kinderstühlchen, weil sie wieder ganz klein werden, wenn das Alter über sie kommt, und dann fangen sie wieder von neuem an.

Von den kleinen Menschenkindern der Menschenwelt kann man annehmen – sie sehen ja neugeboren oft so runzelig aus –, daß es nicht lange her sein kann, seit sie den alten Mann oder die alte Frau verlassen haben. Was ist das eigentlich: die Zeit? Existiert sie oder existiert sie nicht?

Doch diese kleinen Wesen, von denen ich sprach, werden etwa zwei- bis dreihundert Jahre alt. In ihren kleinen Häuslein ist alles sauber und schön eingerichtet, mit bemalten Möbeln, wie alte norwegische Möbel. Sie sind immer bei der Arbeit und halten alles instand, draußen und drinnen. Meist stehen drei bis fünf Häuser beieinander, und darin findet man Kinder und Eltern, Großmütter und Großväter und Ur-Urahnen, oft fünf Generationen. Es ist lustig, Kinder und kleine, krumme, weißhaarige Alte in Kinderstühlchen am Eßtisch zu sehen.

Zwerge wohnen in Erdhaufen, in der Lava, unter Grasbüscheln und Steinen, zwar nicht in allen Steinen, aber die meisten Leute sehen diese Häuser so. Oft sind diese Häuser irgendwie rund und haben ein Grasdach. Dort ist es genau wie bei uns Menschen oder im Elfenreich, sie sind sehr unterschiedlich. Wo solche Siedlungen sind, sieht man vielfarbige Lichtbogen über ihren Häusern.

Zwerge sind etwa so groß wie drei- bis siebenjährige Kinder und so verschiedenartig, daß du deine Fantasie bis zum äußersten anstrengen mußt, um sie vor dir zu sehen. Sie können scheußlich oder niedlich, vierschrötig, mit strähnigem Haar oder weichen Locken sein; sie können wie Schneewittchens Zwerge aussehen, eine Glatze bis auf den Rücken hinunter haben oder zwei Zöpfe, die bei den Ohren anfangen, sonst aber kein Haar, oder sie haben einen Pferdeschwanz, der ganz unten im Nacken sitzt. Sie können einen Hängebauch haben oder so gräßlich mager sein, daß man glaubt, sie fielen gleich auseinander. Sie haben große Füße oder ganz kleine und alles dazwischen. Sie haben eine große Nase und vorstehende Augen oder riesengroße Ohren, die sie wie Flügel bewegen können. Sie können so komisch sein, daß man sich fast krank- lachen muß.

Ich möchte glauben, daß es etwa 40 - 50 verschiedene Arten von Zwergen gibt, allein in unserem lieben Land. Oft wohnen die Männer für sich und die Weiblein beiein- ander – doch das hängt auch davon ab, zu welcher Art sie gehören. Als ich klein war, wußte ich genau, daß es ganz bestimmt diese Wesen waren, die die Weihnachtsgeschenke herstellten. Dann kämen die Weihnachtsmänner zu ihnen und erhielten dort die Geschenke für die Kinder. Und daß diese Zwerge Listen führten über das, was die Kinder sich wünschten.

Zwerge schwatzen viel und laut, und von weitem meint man ein lautes Zwitschern zu hören, sie quasseln ununterbrochen. Zwerge sind meist warm angezogen, mit Wollsachen oder Fleece-Kleidung, die aber verziert ist. Sie tragen Stiefel aus Gummi oder Leder. Auch ihre Weiblein sind in warme Sachen gekleidet, sie sehen so mollig aus und haben einen großen Busen. Sie bekommen ihre Kinder wie die Menschen und die Elfen. Oft sieht man, wie die Zwergenmutter ganz ungeniert einem oder zwei Kleinen die Brust gibt, während die anderen dabei sind.

Zwerge reisen meist auf kleinen Pferden, einer Art Kaninchen oder Hasen, oder sie fliegen auf Vogelrücken.

Elfen kann man in viele Arten unterteilen und jede Art wieder in viele Gruppen. Man kann von zehn Arten bei den Lichtelfen sprechen, sechs Arten von Feuergeistern, vier Arten von Moorwesen. Elfen leben in Hügeln, Bergen, Steinen, Bergwänden und Felsen, es gibt etwa dreißig Arten. Ich kenne vier Arten von Luftgeistern, sechs verschiedene Arten von Wasserfeen, und so könnte man lange weitermachen.

Elfen können klitzeklein sein, von einem halben Zentimeter groß bis zu vielen Hundert Metern hoch, auch lang aufragend, kurz, breit oder schlank; sie können einen großen Kopf und kurzen Körper haben oder einen langen Leib und kurze Beine, also vielgestalt, schön oder häßlich sein. Die Elfen haben allerlei Haustiere, die meist sehr schön sind. Ihre Pferde sind schneeweiß und auch die Schafe, ihre Kühe sind zweifarbig, dunkelbraun und weiß.

Elfen arbeiten auf dem Land und auf dem Meer. Man sieht sie beim Fischfang oder bei Arbeiten in der Landwirtschaft, so wie das früher üblich war. Genau wie das Huldufólk (die Verborgenen) besitzen auch sie alle möglichen modernen Maschinen in ihren Ländereien. Ihre Fahrzeuge sehen aus, als blicke man in die Zukunft bei uns Menschen. Es gibt sogar Wagen auf Schienen über der Erde. Elfen wohnen in feinen Häusern, die moderner als die elegantesten Häuser der Menschen sind. Sie wohnen in Schlössern, Villen oder Häusern mit einem Grasdach, auch in Reihenhäusern, doch Mehrfamilienhäuser gibt es nur ganz wenige. Ihre Kirchen sind schön, man kann sie kaum von den Kirchen des Huldufólks unterscheiden, weil sie in derselben Dimension sind. Elfen haben Schulen und Kunstgalerien. Sie haben Musiksäle und lieben den Gesang. Bei ihnen gibt es Kinderheime und Altersheime, doch sie sind so schlau, solche Heime zusammenzulegen.

Feuergeister sind unterschiedlich, je nachdem, ob das die kleinen Wesen im Kaminfeuer sind oder große, häßliche Wesen, die erscheinen, wenn Häuser brennen, oder Wesen, die bei Vulkanausbrüchen sichtbar werden. Dann gibt es auch Wesen, die in den Festzeiten, bei den Feuern zum Jahreswechsel oder an Johanni erscheinen. Du kannst dir sicher vorstellen, daß es hier große Unterschiede gibt.

Alle Moorwesen ähneln sich, man könnte sie mit Barbapapa (französischen Zeichentrickfiguren) vergleichen. Sie haben nicht immer dieselbe feste Form, sondern verändern sich immerzu. Sie sind grau, schlüpferig, eher unangenehm. Sie sind auch unterschiedlich wach; das kannst du herausfinden, wenn du versuchst, mit ihnen in bewußten Kontakt zu kommen. Dann erlebst du, daß die Wesen in Krýsuvík, in Hveragerði, in Hveravellir und im Osten bei Mývatn sehr verschieden sind.

Feen schweben über Bergen und Seen, sind meist ortsgebunden und wunderschön. Die Wasserfeen erinnern an Lichtelfen, sie haben einen Stern auf der Stirn, tanzen wie Ballerinen und berühren kaum die Wasseroberfläche. Doch sie hinterlassen eine Lichtspur, wie aus glitzernden Diamanten.

Berggöttinnen können wir bei Bergwanderungen erleben, wenn es uns so vorkommt, als schwebten wir vorwärts; unser Aufstieg wird dann spielend leicht. Das merkt man besonders, wenn man sich vornimmt, auf den Berg Baula im Borgarfjörður zu steigen. Das ist wirklich schwierig, man kommt dort einen Schritt vorwärts und rutscht zwei Schritte zurück, doch wenn du eine Bergfee triffst, wirst du gewiß den Unterschied spüren.

Trolle haben wenig Bewußtsein, sie trampeln vorwärts, sind groß und tölpelhaft. Einmal war ich unterwegs mit meiner Freundin Hilde. Das war vor vielen Jahren am Wochenende der Kaufleute (erstes Wochenende im August). Wir befanden uns bei Kirkjubæjarklaustur, auf einem Weg zwischen grünen Wiesen und wollten zum Felsen Systrastapi. Da kam uns solch ein gewaltiger Bär entgegen, ich bekam Angst und warf mich seitlich ins Gras, doch Hilde ging weiter, sie war am Erzählen und merkte nichts. Doch gerade, als sie den Troll treffen sollte, schrie sie auf und floh zu mir. Ich fragte aufgeregt: »Hast du den gesehen?« »Was ist eigentlich los, ich habe nichts gesehen, aber mir wurde plötzlich schrecklich kalt, und ich bekam Angst«, antwortete sie. Da kannst du sehen, daß man auf ganz verschiedene Art und Weise wahrnehmen kann und nicht nur mit den Augen!

Wenn du am Strand entlang gehst, kannst du Meerkühe und Meermännlein treffen. Kleine Wasserfeen spielen auf den Wellen des Meeres.

Ljúflingar (Lieblinge) sind Waldwesen in einem Wald, der jung oder alt sein kann. Sie sind etwa so groß wie 10 - 12 jährige Kinder. Vier, sechs oder acht zusammen bilden eine Gruppe und tanzen Ringtänze. Sie sind sehr feingliedrige Wesen und erinnern an die Wesen, die auf dem Eis und besonders auch auf frisch gefallenem Schnee tanzen.

Lichtelfen zeigen sich im Winter anders als im Sommer. Im Sommer trifft man sie im Hochland und auf der Heide, oben bei den Seen. Sie sind von sehr unterschiedlicher

Größe, haben aber immer einen Stern auf der Stirn. Im Winter erscheinen sie in Pastellfarben, sind fast durchsichtig, und dann tanzen mehrere zusammen auf dem frisch gefallenen Schnee. Sie sind aber kleiner als die Ljúflingar.

Luftgeister sind meist sehr große und schöne Wesen, die an die Schutzwächter über großen Landgebieten erinnern. Man kann in der Luft auch sehr kleine, glitzernd helle Wesen mit einem Flügeldurchmesser von einem Zentimeter sehen.

Besondere Wesen sieht man zur Weihnachtszeit und an Ostern. Es gibt kleine und große Engel. Man sieht auch kleine, rot gekleidete Zwerglein, echte Weihnachtsmännlein. Sie erscheinen eine Woche vor Weihnachten und verschwinden – eines nach dem anderen – in der Woche nach Weihnachten.

Engel sind sehr unterschiedlich. Man sagt, daß Maria, die Mutter Jesu, die Königin der Engel sei. Engel in der Größe der Menschen sind in Krankenhäusern und Altenheimen, auch dort, wo sich Kinder aufhalten. Unter den Engeln gibt es sehr reife Wesen, ganz wunderschön und mit starkem Licht.

Engel kann man in Gruppen gliedern: Engel der Macht, Engel des Heims, Engel des Heilens, Engel der Musik und Engel der Schönheit und Künste. Sie streuen etwas wie Funken über die Künstler, Maler oder Musiker.

Die Engel des Heilens sind bereit, wenn du um Hilfe für dich oder andere bittest. Engel der Macht wecken geistige Kraft. Du kannst das versuchen. Das sind Engel, die uns lehren, die Schönheit im Kunstwerk der Allmacht zu sehen und zu fühlen.

Bergdevas oder Berggötter sind sehr schöne Wesen, sie gehören zu bestimmten Orten und erscheinen in vielen Farben. Du kannst ihre Kraft spüren und sie dir nutzbar machen.

Auch Schutzwächter sind wunderbare Wesen, den Engeln am ähnlichsten, sie werden über großen Landgebieten, Städten oder Dörfern gesehen.

Das Menschengeschlecht erwacht spät. Schon viele Jahrhunderte lang haben sich die Menschen von der Materie blenden lassen. Doch wir sollten den Geist in der Natur finden und erleben. Die Menschen klettern auf Berge und besiegen Gipfel, denken aber nicht daran, ihre eigenen Gipfel und Bewußtseinstiefen zu besiegen. Wenn wir das versuchen würden, fänden wir mehr Seelenruhe und Glück. Wir sollten Gott in seiner Schöpfung suchen, auf die Töne der Natur hören und uns in ihre Schönheit und ihren Reichtum versenken. Dort finden wir das Gleichgewicht für unser Leben und kommen so mit den anderen Menschen und mit der Natur in Einklang.

Der Ausflug – Vorspiel

Wir wollten in Richtung Osten über die Berge fahren, Papa, Mama, meine Schwester Günna und ich. Ich heiße Nonni und bin zwölf, Günna ist acht Jahre alt.

Man sagt, nach Osten über die Berge fahren, wenn man einen kleinen oder großen Ausflug machen will. Dieses Mal dauerte er lange. Papa hatte versprochen, uns etwas Merkwürdiges zu zeigen, etwas, was die Leute sonst nicht zu sehen bekämen. Das fanden wir spannend.

Zuerst redeten wir über die Esja, das ist der Berg gegenüber von Reykjavík, er heißt nach der Riesin, die einmal dort wohnte. Dort sieht man drei große, leuchtend helle Bergwesen: eines ist blau und silbrig, das andere grün und rotgelb und das dritte dunkelrot.

Und als wir auf die Hellisheiði kamen, gab es viel zu sehen. Dort war der Berg Vífilfell mit zwei großen Lichtern. Papa sagte, dieser Vífill hätte in Vífillstaðir gewohnt und wäre jeden Morgen dort hinaufgelaufen, um zu meditieren. Er hat sicher Siebenmeilenschuhe besessen, doch Günna meinte, er sei wahrscheinlich ein Troll gewesen.

Ich deutete hinaus: »Und was ist das für ein Licht?«

Mama antwortete: »Das ist der Berg Hengill, dort gibt es allerlei Trolle, manche haben zwei oder sogar drei Köpfe.«

»Hallo, hallo«, sagten wir beide, »dort wollen wir hin!«

Doch Papa sagte, daß wir das später machen könnten, heute sei dazu keine Zeit.

In Hveragerði hielten wir an und besuchten das Blumenhaus Eden, wir wollten dort die Blumenelfen sehen. Sie waren so verschieden! Ich glaube, daß man alle nur möglichen Farben bei diesen Blumenelfen sehen kann. Manche Wesen hatten Flügel, andere sahen aus, als seien sie in den Blüten, manche hatten Füße wie wir, andere etwas wie einen Schwanz; und einige hatten Flügel, wie bei einem Hubschrauber. Sie waren sehr verschieden und wunderschön.

Wenn du nicht so gut sehen kannst, solltest du vielleicht versuchen zu pfeifen, wenn du den rechten Ton findest, öffnet sich diese Welt vor dir. Das mache ich manchmal, wenn Mama auf etwas zeigt, was ich nicht sehen kann. Mama hatte Tomaten und Gurken gekauft, davon aßen wir, als wir zurück ins Auto kamen. Die Tomaten sind nicht nur rot, sie strahlen auch in goldener Farbe, wenn sie reif sind. – In Hveragerði gibt es viele Moorwesen. Nimm dich in acht, sie sind zu anhänglich, und das kann recht ungemütlich werden.

Jetzt hatten wir den Berg Ingólfsfjall vor uns, dort gibt es sieben Bergwesen, weißt du, sie sehen aus, als seien sie in Tüllkleider gehüllt. Sie sind so feingliedrig und leuchten in Frühlingsfarben.

Der Engel über Selfoss ist wunderbar blau, und die große Wasserfee über dem Fluß Ölfusá ist rot und tief blau-grün, mit einem Stern im Haupt. Dort sieht man auch viele kleine Feen, doch der Fluß kann ein wenig Angst einflößen, er ist so dunkel und kraftvoll.

Dann fingen wir an zu singen. Ich sehe auch gerne zu, wenn die Leute singen, weil die Töne so verschiedene Farben und Formen haben. Mein Papa mag gern Lieder über Raben, und deshalb sangen wir alles, was uns über »Krümmi, den Raben« einfiel.

Beim Fluß Þjórsá hielten wir an, stiegen aus, und Papa erklärte, wie breit und lang dieser Fluß ist und daß er nach dem Donnergott Þór genannt wird – obwohl später in diesen Namen ein J hineingeschlüpft ist. »Aber ich glaube trotzdem, daß es so ist«, sagte mein Vater. Er erklärte auch, wie wir Kraft finden und nutzen können, und dann standen wir dort, alle vier, und saugten uns Kraft aus dem Fluß, es war genug vorhanden!

Danach ging es weiter. Der Blick auf die Berge ringsum war großartig. Mama deutete hinaus:

»Dort seht ihr den Eyjafjallajökull (Gletscher und Vulkan), den Þríhyrningur, den Tindafjallajökull (Gletscher) und die Hekla. Und gleich seht ihr noch viel mehr Lichter in den Bergen, seht Kinder, diese rotgelben Wesen werden Tívar genannt. Und der Vulkan Hekla ist sogar im Ausland berühmt, es wurde erzählt, dort sei der Eingang hinunter zu dem Bösen.«

Günna fragte: »Ist das wahr?«

Mama sagte, das glaube sie nicht:

»Ich glaube nicht an das Böse, das wißt ihr doch. Wenn ihr in den Berg hineinstarrt, dann seht ihr nach einiger Zeit, daß dort etwas wie ein rotgelbes Kreuz erscheint.«

Ich strengte mich an, kniff die Augenlider zusammen und starrte, sah aber nur den Berg, doch Günna rief: »Ja, ich kann es sehen!«

Manchmal glaube ich, daß sie nur Mama und Papa nachmacht, aber bitte, redet nicht darüber. Mama sagt, ich sei wohl eifersüchtig, weil Günna in mehr Welten sehen kann – in Ordnung – so ist das eben.

Im Ort Hella bestellten wir uns etwas zu essen. Dort haben früher einmal Papen gelebt (das waren Mönche aus Irland, die noch vor der Besiedelung Islands durch die Norweger hierher kamen), und es ist nicht schwer, hier kleine Leute in so etwas wie Kutten herumschweben zu sehen. Die Erdhöhlen sind sehr interessant. Dort waren wir und haben keltische Kreuzeichen gesehen und zurück in die Zeit geschaut. Auch das ist möglich, wenn man die richtige Frequenz oder Wellenlänge findet – so sagt Papa jedenfalls. Das ist wie bei verschiedenen Radiokanälen, zuerst dröhnt alles durcheinander. Man muß ein bißchen Geduld haben, um die richtige Wellenlänge zu finden.

Das Essen hat gut geschmeckt, wir bekamen Lachs und Skýr (Quark) hinterher: Jetzt war es, als hätte ich einen Stein im Magen. Ich fühlte mich wie der Wolf in »Rotkäppchen«! Papa wollte sich hinlegen, er streckte sich auf dem Rücksitz des Autos aus, Mama holte ihr Strickzeug hervor, doch wir gingen hinaus und suchten Gold: kleine Steine, die auf dem Weg lagen und glänzten. Wir füllten unsere Taschen mit diesen Steinen, die weiß, grau und schwarz waren, aber blau, grün, rot und gelb strahlten und wie Diamanten glitzerten.

Ich warf auch einen kurzen Blick in die »Fljótshlíð«. Es wäre lustig, dort einen Besuch bei Günnar auf Hlíðarenda – dem Sagahelden – zu machen und bei all diesen Elfen, die scheinbar dort herumschweben.

Doch nun fuhren wir langsam durch den Ort Hvols-völl. Der Schutzwächter dort ist flaschengrün. Und danach ging es über den Sólheimasand, dort waren wir schon früher einmal und haben unwahrscheinlich schöne Steine gefunden, aber jetzt war keine Zeit, um anzuhalten. Und dann sah man den würdevollen Engel des Eyjafjalla – und Mýrdalsjökulls. Papa sagt, daß der Gletscher eine der sieben Energiestationen des Landes ist, gewaltig und hell – apfelsinenfarben.

Jetzt quengelten wir: »Bitte anhalten, wir möchten nur einen Stein mitnehmen«, und Papa gab nach. Wir sprangen hinaus, großartig war, wie der Sand glitzerte, und hier lagen wirkliche Edelsteine, unwahrscheinlich schön. Mama erinnerte daran, daß wir nur einen Stein mitnehmen wollten, aber wir sagten:

»Weißt du, das ist einfach unmöglich!«

»Ihr dürft das Auto aber nicht mit Steinen überladen.«

»Also gut, jetzt hören wir auf!«

Danach fuhren wir über den Markarfljót(-fluß), dort ist die Wasserfee düster in blauen Tönen. Gleich danach kamen wir zum Seljalandsfoss-Wasserfall. Er ist so schön, wie furchterregend der Markarfljót ist! Die Wasserfallbewohnerin ist eine junge, hübsche Schönheitskönigin in einem blauen, goldverzierten Umhang und einer spitzen Haube auf dem Kopf. Langes blondes Haar umspielt ihre Schultern. Wir liefen hinter den Wasserfall und betrachteten die Wasserflut, die in allen Regenbogenfarben glitzerte. Wenn ihr euch ganz ruhig und still verhaltet, könnt ihr hören, wie das Wasserfallmädchen seine Flöte nimmt und spielt. Solch wunderbare Töne verzaubern, machen wehmütig, aber auch ein wenig froh.

Dann kamen wir zum Skógarfoss, dort wohnt ein alter Nöck im Wasserfall. Ob sie sich wohl kennen, die Jungfer im Seljalandsfoss und der Alte? Wir begrüßten den Nöck mit seinem langen Bart und bewunderten die Gegend, über der ein grünblauer Schleier liegt. Wir befanden uns jetzt im Mýrdal, dort ist die bedeutendste Elfensiedlung des Landes. Man sieht dort hohe, goldene Schlösser mit schlanken Türmen und hohe Blöcke in roten und blauen Farben. Wir sahen langbeinige Elfen, kräftig gebaute Riesinnen mit karierten Schürzen, Männer, die breit oder groß waren, lange, schlanke Elfenmänner und -frauen und zierliche, aber auch kräftig gebaute Elfenkinder; sie sangen und tanzten.

Wir kamen am Berg Pétursey vorbei, auch dort ist ein Engel, aber viel kleiner als der auf der anderen Seite. Die Dyrhólaey sieht von weitem ganz abenteuerlich aus. Papa sagt, daß er dort schon einmal war, man könne Bauten von Menschen, Elfen und vom Huldufólk aus früheren Zeiten sehen. Da möchte ich einmal hinkommen. Man sah Elfenkirchen und Kirchen des Huldufólks, die groß und noch schöner waren als die Kirchen im Ausland.

Jetzt näherten wir uns Vík im Mýrdal. Es war dort so hell, die Helligkeit blendete uns. Wie ist es wohl, an solch einem Ort zu wohnen? Vielleicht werden alle ganz lieb und nett zu einander und umarmen sich morgens, was meint ihr?

Östlich von Vík fahren wir an einer Stadt des Huldufólks vorbei. Ich muß den Atem anhalten, es ist so schön! Man sieht dort allerlei Gebäude, die bemalt oder mit Schnitzereien verziert sind, und viele Fenster glänzen, als sei die Sonne dort drinnen. Papa zeigte in die Ferne: »Seht Kinder, dort ist der Hjörleifshöfði«, und dann begann er, uns von Ingólfur, dem ersten Siedler aus Norwegen und seinen Freunden zu erzählen. Dann deutete er plötzlich auf den Sandstrand hinaus und sagte, dort sei ein Schiff mit viel Gold verborgen. Ich wurde ganz aufgeregt, und Günna fragte:

»Sollten wir vielleicht anhalten und anfangen zu graben?«

Doch da fingen alle an zu lachen.

»Früher war dieser Sand endlos lang und schwierig zu durchqueren«, sagte Mama. »Die Autos konnten fast nicht anhalten, um auszuweichen. Wenn sie anderen begegneten, versanken sie im Sand, deshalb mußte alles immer ganz schnell gehen. Doch heute ist das kein Problem mehr!«

Jetzt lag der Sand schon hinter uns, und wir hielten an. Ach du liebe Zeit, was stinkt denn hier so? Ja, wir näherten uns dem Kúðafljót. Papa erklärte uns, daß der Name des Flusses den Namen alter Schiffe oder Boote hat, mit denen die Papen vor langer Zeit nach Island kamen und hier an Land gingen.

»Ob es damals auch schon so gestunken hat?« fragte ich.

Dann bogen wir in Richtung Norden von der Südlandstraße ab und fuhren am Fluß Skaftá entlang. Das ist solch ein gewaltiger Fluß, einfach großartig! »Ihr solltet das Buch über die Vulkanausbrüche bei der Skaftá lesen, das Jón Trausti geschrieben hat«, sagte Mama.

»Aber erst, wenn ihr älter seid.«

Wir waren nun auf dem Weg nach Norden, auf der Fjallabaksleið nyrðri, und kamen bald in die Schlucht Eldgjá.

»Dort ist es ganz lustig. Ich glaube, daß ihr da Trolle und ein besonderes Elfengeschlecht sehen könnt«, sagte Papa.

Mama ergänzte: »Hier habe ich schon früher große und kleine Trolle gesehen.«

Vielleicht findest du es komisch, daß wir so gut in andere Welten sehen können, aber das ist einfach eine Tatsache. Mama und Papa sagen, daß sich so etwas vererbt. Ich wollte das nicht missen! Und stell dir vor, dort begegneten wir einem haarigen, rotbraunen Troll, der so groß war, daß ihm unser Auto – ein VW-Bus! – nur bis zum Knie reichte. Er lächelte, und wir winkten. Daß einem ein Troll zulächelt, habe ich noch nie erlebt!

Jetzt befanden wir uns also in der Eldgjá. Hier war es schön, aber gleichzeitig auch großartig und gewaltig. Es war, als ginge hier etwas Außergewöhnliches vor. Wir sahen vielerlei Wesen: Dort war eine Gruppe großer Elfen und neben ihnen kleine Trollkinder, auch Langitesar – das sind Elfen, deren Arme bis zu den Füßen reichen – etwa sieben oder acht, und dann gab es auch noch große Trolle. Sollte dort gerade eine Versammlung stattfinden? Wir zogen uns zurück, wir fühlten uns fehl am Platz. Papa meinte, es wäre am besten, gleich weiterzufahren. Alles war so fremdartig, fast kahl, aber trotzdem einmalig und bewundernswert. Manchmal sah man auch einen einzelnen Bergtívar in blauer und roter Farbe.

Auf einem kleinen grasbewachsenen Flecken am Hang hielten wir an, schauten in die Runde und machten Fotos. Dann packten wir unsere Vesper aus, es gab Brot mit Streichwurst oder Käse und Saft. Die Eltern tranken Kaffee. Dort, wo wir saßen, erschienen kleine Erdelfenkinder und starrten uns an, als seien wir die Elfen und nicht sie. Sie brummten und murmelten etwas vor sich hin, als wollten sie mit uns reden, doch wir konnten ihre Sprache nicht verstehen. Papa sagte jetzt, daß er uns zu einem ganz besonderen Tiergarten bringen wolle, dort seien aber keine Tiere aus der gewöhnlichen Welt. Vielleicht könnten wir auch nicht alle Tiere sehen, hoffentlich gelänge es trotzdem.

Wir fuhren also weiter und befanden uns dann nordöstlich der alten Hekla. Und wirklich, hier gab es alle möglichen Tiere, manche glichen Kentauren, andere Tiere waren wie Moorwesen, sie hatten ganz verschiedene Formen und unterschiedliche Farben. Als wir ausstiegen, kam uns ein riesengroßer Vogel entgegen, sein Kopf war wie der eines Menschen – aber sein Federkleid war leuchtend rot und gelb, und er hatte Füße wie ein Frosch. Er öffnete das Eingangstor, verneigte sich und sagte:

»Seid willkommen.«

Es war, als hätte er auf uns gewartet:

»Wollt ihr meinen Garten sehen und meine Geschichten hören? Ich habe eine gute Verbindung zu all denen, die, so wie ihr, etwas sehen können.«

Ich war ganz erstaunt und mir schien, daß sich auch meine Begleiter wunderten. Der Vogel sah besonders uns Kinder an und sagte:

»Ich habe euch nämlich beobachtet, seit ihr geboren seid!«

Ich dachte, das kann ja gar nicht wahr sein, doch er blickte mir ganz tief in die Augen und sagte:

»Ja, mein lieber Freund, und das werde ich auch weiterhin tun. Kommt jetzt weiter hinein in den Garten, ich will euch eine Erfrischung anbieten, während ihr meine Geschichten hört. Eure Eltern können sich inzwischen hier umsehen.«

(Ausflug im Südland 2007)

Die silbernen Löffel

Ein junges Ehepaar bekam sechs silberne Löffel zur Hochzeit geschenkt. Die Löffel lagen in einem besonderen Kästchen, das in einer Kommodenschublade in der Stube aufbewahrt wurde. Bald danach kam Besuch, und die junge Frau wollte diese Löffel benutzen, doch da fehlte ein Löffel.

Nun wurden alle Familienmitglieder befragt, wer denn den Löffel genommen habe? Doch niemand wußte etwas. Die Schwiegermutter der jungen Frau sagte, daß wohl ihre Freundin, die blau angezogen sei und hier hinter dem Haus wohne, den Löffel geliehen hätte.

»Sie hat oft etwas bei mir ausgeliehen, während ich hier gewohnt habe.«

Die junge Frau lachte und wollte das nicht so recht glauben.

Die Zeit verging, und einige Monate später kamen wieder Gäste. Auch dieses Mal wollte die junge Hausfrau die Löffel benutzen und öffnete das Kästchen. Und seht nur her und staunt, da lagen alle sechs Löffel darin, fünf waren dunkel angelaufen, doch der sechste glänzte hell und rein.

(Aus Grímsnes, im Sommer 1994)

Die Blaubeeren

Einmal, als ich ein kleines Mädchen war, gingen wir auf einem Holm im Fluß Elliðaá spazieren, Papa, Mama und ich. Es war ein Sonntagmorgen im Frühling bei Sonnenschein, und kein Lüftchen regte sich. Die Natur ringsum glitzerte, als wären Kristalle auf allen Zweigen der Bäume. Papa und Mama wollten sich ausruhen und den Sonnenschein genießen, doch das interessierte mich nicht, ich wollte die kleinen Elfen bei der alten Kiefer besuchen. Sie stand ganz in der Nähe, wir waren dort schon oft gewesen. Ich versprach meiner Mutter, nicht weit wegzugehen, ich wollte Beeren suchen. Mama lachte und sagte, daß es zu dieser Jahreszeit keine Beeren gäbe, und sowieso hätte es dort noch nie Beeren gegeben. Aber ich hatte an einem bestimmten Platz schon Beeren gesehen.

Ich weiß noch, daß ich eine weiße Schürze mit zwei großen Taschen anhatte. Und ich nahm mir vor, meinen Eltern die Beeren zu zeigen. Ich fing an, Beeren zu pflücken, während Elfen um mich herumhüpften und tanzten und eigenartige Lieder sangen, die lieblich und ein wenig wehmütig klangen. Ich füllte beide Taschen mit Beeren und beeilte mich zurück zu Papa und Mama, die mich ganz erstaunt ansahen. Sie versuchten die Beeren. O ja, sie waren saftig und lecker, wirklich echte Blaubeeren! Mama war zwar nicht so froh, Beerensaftfarbe in die Schürze zu

bekommen, doch beide waren so erstaunt, daß sie alles andere vergaßen.

Dann sollte ich ihnen zeigen, wo ich die Beeren gefunden hatte. Ich führte sie dorthin, aber da waren alle Elflein verschwunden und auch keine Beerensträuchlein mehr zu sehen, es gab nur noch ein paar Beeren in meinen Schürzentaschen. Was aber am besten war: Meine Schürze hatte gar keine Flecken bekommen!

»Ist das wirklich so gewesen?« hörte ich später Mama zu Papa sagen.

»Ja, wir haben doch die Beeren versucht.«

Diesen Ort habe ich noch oft besucht und auch Elfen dort gesehen, aber das waren nicht diejenigen, die mir erlaubt haben, Beeren zu sehen und zu pflücken.

(Reykjavík 1941)

Die Brosche

Dies geschah in Norwegen. Dort habe ich einige Jahre lang gelebt und gute Menschen, aber auch Huldufólk kennengelernt. Das Huldufólk dort gleicht aber nicht dem Huldufólk in unserem Land. Dort leben auch Zwerge und alle möglichen Wichtel, die den unseren ähnlich sind, doch gibt es auch kleine Trollwesen, die den Zwergen ähneln, sie sind freundlich und haben einen Schwanz, aber mehr Bewußtsein als unsere Trolle. In den Wäldern leben hochgewachsene, wunderschöne Elfenwesen. Sie tragen farbenfrohe Gewänder und viel Schmuck um Hals und Handgelenke.

Ich glaube, daß diese Wesen und ihr Aussehen auch einen Einfluß auf die Nationaltrachten in diesem Land gehabt haben. Und die verborgenen Wesen haben auch Einfluß auf die Bäume und das Wachstum in den Wäldern. Dort gibt es außerdem Panelfen, die Hosen oder Röcke aus Blättern tragen, die mit den Jahreszeiten ihre Farbe ändern.

Ich lebte mit meinem Mann und drei Kindern in der Stadt Bergen, und irgendwie hatte es sich herum gesprochen, daß ich hellsichtig sei und sogar durch Hügel und Berge sehen könne. Ich könne auch mit verborgenen Wesen Verbindung aufnehmen, ja sogar mit ihnen reden, hieß es.

Eines Tages klingelte das Telefon. Ich ging an den Apparat und bekam einen eigenartigen Wunsch zu hören:

»Willst du mir helfen?« fragte eine junge Stimme.

»Wenn mir das möglich ist«, sagte ich.

»Ich war auf einem Tanzfest, vorgestern Abend, und habe das Erbstück der Familie, eine Brosche getragen.«

»Ja«, antwortete ich, »sie hat einen grünen Stein.«

»Und woher weißt du das?«

»Das weiß ich nicht, aber ich sehe es.«

Das Mädchen sagte: »Meine Großmutter hat diese Brosche bekommen, als sie mündig wurde, und meine Mutter hat diese Brosche sehr gern, doch ich habe sie ohne ihre Erlaubnis genommen und verloren. Kennst du jemanden, der schnell herkommen kann und sie für mich findet?«

Ich versprach, das zu versuchen und verabschiedete mich. Dort, wo wir wohnten, gab es zwischen den Wohnblocks einen Hügel, in dem ein Elfenmann zuhause war. Er war sehr scheu, aber gutmütig, wenn man in Not war. Er hatte zum Beispiel geholfen, meinen kleinen Sohn zu suchen, den ich schon einen halben Tag lang vergeblich gesucht hatte, bis mir einfiel, ihn um Rat zu fragen.

Am Abend ging ich also hinaus und rief ihn, doch er war nicht gut aufgelegt und wollte nicht mit mir reden, deshalb versuchte ich es am nächsten Tag erneut.

Ich erzählte ihm von diesem jungen Mädchen, bei Sogne im Nordland, das eine Brosche genommen hatte, damit auf ihr erstes Tanzfest gegangen war und sie dort verloren hatte.

Ich fragte ihn, ob er mit seinesgleichen dort in der Gegend reden könne und sie helfen könnten, dieses Stück wiederzufinden und es dann irgendwo hinzulegen, wo das Mädchen wohnte.

Er versprach, sein Bestes zu tun. Am nächsten Tag, als ich wieder zum Hügel kam, sagte er, er habe mit seinem Freund gesprochen, der habe die Brosche gefunden und sie unter einen Rosenstrauch gelegt, gleich rechts vor der Eingangstür zum Haus des jungen Mädchens.

Als sie mich wieder anrief, konnte ich ihr diese gute Nachricht übermitteln. Sie war ganz glücklich. Sie bat mich, am Telefon zu warten, während sie draußen nachsah; das tat ich und hörte schon von weitem ihre Freudenrufe.

Bald danach ging ich mit Blumen und Grütze zum Hügel, als Dankeschön. Ich weiß, daß der Elfenmann den Energiestrom aus der Grütze nutzen kann, obwohl er sie nicht ißt. *(vom Sommer 1975 in Bergen)*

Die Cousinen

Hier wird von zwei Mädchen, die sieben und neun Jahre alt sind, von zwei zwölfjährigen Jungen, von einer Groß-mutter und Elfenkindern erzählt:

Die Mädchen heißen Arna Dögg und Erla Steinunn. Arna Dögg fragt Erla:

»Wollen wir beide morgen mit Oma einen Ausflug machen?«

Erla ist einverstanden, und sie rufen bei Oma an.

»Willst du uns morgen die Elfenwelten zeigen?«

Oma ist gleich bereit, selbstverständlich. – Jetzt erzählt Arna Dögg:

Zuhause bei Oma und in ihrer Nähe ist alles so lustig und lebendig. Man kann sogar in andere Welten sehen, und sie kann ganz viele Geschichten erzählen.

Nach der Schule fuhren wir also mit dem Auto los. Oma sagte, sie habe für uns und die Elfen Proviant mitgenommen. Wir fuhren nach Hafnarfjörður und hielten dort bei einem schönen Wäldchen an. Um uns waren Lavafelsen und Büsche. Oma holte eine Decke aus dem Wagen und Sachen zum Malen – sie zeichnet und malt nämlich diese Dinge, die nur ganz wenige sehen können.

Unser Proviant war in einer Tasche: Verschiedene Kekssorten, gewöhnliche Kekse und Elfenkekse. Hast du solche schon einmal gesehen? Manche Plätzchen sind fast durchsichtig, andere wie Glasperlen und noch andere glitzern wie Pailletten. Was das ist? Das sind so kleine Plättchen, sie glänzen und werden manchmal auf feine Kleider gestickt.

Wir trugen abwechselnd die Tasche, und dann breitete Oma die Decke aus, und wir setzten uns. Wir waren übermütig und neckten einander, doch Oma sagte, wir sollten jetzt ruhiger sein, sonst könnten wir nichts erleben, hier seien so viele verschiedenartige Wesen.

Unsere Umgebung war schön, hier bildete die Lava Felsen und auch grasbewachsene Mulden. Erla schlug vor, wir sollten die Gegend erkunden. Ich war gleich dabei.

»Komm mal hierher«, rief Erla und deutete in eine Lavaspalte hinunter. Ich lief zu ihr.

»Und was soll ich hier sehen?«

»Siehst du denn nicht all die kleinen Häuslein?«

Ich versuchte, genauer hinzusehen, doch so sehr ich mich auch anstrengte, ich konnte nur Steine, Blumen und Moos erkennen.

Erla ist wohl so wie Oma: »Kannst du nicht die klitze-kleinen Häuser und Leutchen sehen?«

Ich kniff abwechselnd die Augen zu und riß sie danach weit auf, sah aber nichts Besonderes, nur Lavasteine, Blumen und Moos.

»Komm, jetzt spielen wir Verstecken und du sollst suchen«, rief Erla, rannte los und war verschwunden.

Ich begann zu zählen: 1, 2, 3, 4, 5, 6, 7... und dann rief ich laut: zehn, zwanzig, dreißig, vierzig, dann noch fünfzig und begann zu suchen.

Hinter einem Stein entdeckte ich sieben lustige Mädchen. Solche Mädchen hatte ich noch nie gesehen. Sie hatten bunte Kleider an und sangen fröhliche Lieder! Weil ich weder sie noch das Lied kannte, wurde ich ganz schüchtern, stand nur da und starrte sie an. Sie winkten mir zu und machten Zeichen, ich solle näherkommen.

Ich war zurückhaltend, doch sie empfingen mich, als ob sie mich schon lange kennen würden. Ein Mädchen sagte, sie hieße Álfdís, und bot mir etwas in einer Tüte an. Als ich die Hand hineinsteckte und herauszog, hielt ich ein Keksplätzchen wie von Oma in der Hand. Ich war ganz erstaunt, doch sie sagte dann, sie wisse, wo meine Cousine sei.

»Und ich helfe dir, sie zu finden.«

Das Mädchen, das mir den Keks geschenkt hatte, der unwahrscheinlich gut schmeckte, führte mich zu einem großen Hügel aus Lavagestein. Dort hielten wir an.

»Könnt ihr hier etwas hören?«

Sie blieben stehen und lächelten, doch mir kam das alles so eigenartig vor. Und weißt du was? Man hörte jetzt Musikinstrumente, und es war, als sänge ein Kinderchor, das waren helle, klare Stimmen.

Ich dachte, das ist unmöglich, niemand kann doch in solch einem Hügel in der Lava singen! Ich stand dort, verwundert und wie erstarrt, doch dann fiel mir Erla wieder ein, und ich ging los, um sie zu suchen. Sie lag hinter diesem Lavahügel, und ich rief ganz laut:

»Jetzt hab' ich dich gefunden!«

»Pst, sei doch still«, sagte Erla, »hörst du denn nicht, wie sie singen und spielen? Es klingt wie in der Kirche, als sei dort ein Fest, beinahe wie an Weihnachten, kannst du das jetzt auch hören?«

Ich stimmte zu und war irgendwie verwirrt, aber auch froh. Die lustigen Mädchen sahen uns an und schienen erstaunt. Jetzt öffneten sich die Lavafelsen, Kinder strömten heraus, auch sie waren fröhlich und sangen.

»Das ist ja ganz unwahrscheinlich!«

Ich rannte zu Oma und sagte atemlos: »Oma weißt du, daß der Fels singen kann?«

»Nein, mein liebes Kind, dort ist eine Elfenkirche, höre genau hin, öffne dein Herz und deine Augen, dann kannst du noch mehr erleben.«

Die Kinder sahen uns an, als seien wir komisch, vielleicht glaubten sie, wir wären Trolle oder ich weiß nicht was. Ein netter Junge mit lockigem Haar sagte:

»Es gibt nicht viele Menschenkinder, die uns sehen können.«

Mir ging durch den Kopf: »Kann ich jetzt etwas sehen? – Das habe ich nicht gewußt!«

Jetzt setzen sich alle Mädchen zu Oma auf die Decke, und Oma gibt jedem die Hand zur Begrüßung. Sie nennen ihre Namen, die mir ganz seltsam vorkommen: Brise, Duft, Lichtfee, Blau, Sonnenfee und Sünna.

Oma fragte auch nach ihren Eltern, da denke ich: »Jetzt bin ich aber sicher, daß Oma zaubern kann. Sie scheint alle, die hier wohnen, zu kennen.«

Und als ich mich ein wenig umsah, sah ich überall Häuser und nicht nur Lavasteine. Wie seltsam! Oma packte jetzt unsere Kekse aus, und danach erzählten wir uns Geschichten und sangen für die Mädchen, die dann auch für uns sangen. Die anderen Kinder standen im Kreis um uns herum und sahen zu. Alle waren fröhlich, und Oma sagte den Kindern, sie sollten nicht sofort ihre Tarnkappen aufsetzen, damit wir, Erla und Arna, sie noch länger sehen könnten.

»Was meint Oma damit?« dachte ich. »Sind denn all' diese Mädchen Elfen?«

»Wir wohnen in den Häusern hier in der Gegend«, sagte Álfdís, als sie aufstand, und gleichzeitig sah ich immer mehr Häuser. Manche waren farbig und hatten prächtige Verzierungen. Einige Häuser waren rot, andere blau, rund um die Fenster und Türen waren Muster gemalt, auch Blumenranken. Hier und dort erschienen jetzt Leute in den Fenstern und Türen, sie winkten uns zu und sangen, auch sie trugen solch bunte Kleidung.

Alles war so lustig und schön. Die Kinder hüpften, klatschten in die Hände und tanzten um uns herum. Und Oma hatte ihren Spaß. Sie war jetzt besonders froh, weil sie nicht mehr allein mit diesen Elfenwesen zusammen ist.

Doch dann begann es, kühl zu werden, und Oma sagte, jetzt sei es Zeit zur Heimkehr. Zur gleichen Zeit kamen zwei Jungen auf Fahrrädern, sie machten allerlei Unfug und fingen an, Steine zu werfen, auch auf die Kirche.

Und weißt du was? Alles verschwand, die Kinder verschwanden und auch die Häuser, der Gesang verstummte, als sei plötzlich eine dicke Wolke vor die Sonne gezogen. Übrig blieben nur Lavasteine, die Grasmulden und wir. Ich habe noch nie in meinem Leben solch ein Wunder erlebt! Doch Oma hat gelacht, als sie unsere erstaunten Gesichter sah.

(In Hafnarfjörður 1994)

Spielkameraden

Im Sommer war ich immer auf dem Land, nicht weit von der Stadt. Da hatte ich meine besonderen Spielkameraden. Dort war ein Mädchen in meinem Alter. Sie wohnte in einem großen Haus und ein Junge, er war ein Jahr älter, wohnte in einem kleinen Haus. Wir spielten den ganzen Tag miteinander, draußen und drinnen. Entweder waren wir bei mir oder bei einem von beiden. Wir fanden, das Tal gehöre uns.

Unser Haus war klein und gemütlich, ringsum waren Blumen und Bäume. Es war nämlich ein Sommerhaus, das nur im Sommer bewohnt wurde. Doch die anderen wohnten das ganze Jahr über in ihren Häusern. Dort gab es auch ganz eigenartige Häuser, anders als alle anderen; sie waren kugelförmig, bogenförmig, kegelförmig oder mit einem kleinen spitzen Dach, rosa und blau, grün und gelb; manche schmal, andere breit, hoch oder niedrig.

Sogar die Fenster waren bunt, Fensterrahmen und Türen waren ringsum mit Blumengirlanden geschmückt. Manche Türen waren durchsichtig oder hatten Butzenscheiben und ganz verschiedene Formen.

In solch einem Haus wohnte ein Geschwisterpaar, sie waren einfallsreich und lustig, er hieß Stormur (Sturm) und sie hieß Blær (Brise), doch ich nannte sie einfach Siggi und Sigga, weil ihre Namen so ungewöhnlich waren. Wenn man zuhause bei ihnen spielte, glaubte man, sie könnten zaubern, doch das war es nicht, aber es war sehr lustig.

Sie hatten auch besondere Spielsachen. Ihre Puppen und ausgestopften Tiere konnten plötzlich lebendig werden. Eigenartig war auch, daß sich die Umgebung ums Haus veränderte; manchmal wuchs dort Gras, manchmal rieselte ein Bach vorbei, manchmal war dort eine Schlucht mit Felsen oder glitzernden Kieselsteinen. Ihre Mutter sah immer ganz fein aus. Sie hatte hell leuchtendes Haar und hieß Birta – das bedeutet Helligkeit – doch an den Vater kann ich mich nicht erinnern. Manchmal waren wir zu viert und manchmal spielten acht zusammen.

Oft kam ihre Mutter heraus, brachte eine Decke mit und schenkte uns Saft ein. Etwas fand ich dabei ganz eigenartig: Wenn sie verschiedene Säfte einschenkte, wie z. B. aus schwarzen Johannisbeeren, Rhabarber oder Apfelsinen, dann vermischten sie sich nicht, der Saft blieb lagenweise in den Gläsern. Einmal bat ich meine Mama, das auch auszuprobieren, doch bei uns klappte so etwas

nie, alles mischte sich gleich durcheinander. Manchmal schenkte Birta uns Brot und Spiralkuchen, die glitzerten. Der Zucker hatte alle möglichen Farben.

Eines Abends gingen Mama und ich spazieren, nun wollte ich ihr das Haus zeigen, wo Siggi und Sigga wohnten. Wir gingen dorthin, doch niemand kam heraus. Mama verzog das Gesicht und sagte:

»Ich glaube, sie schlafen schon.«

Das fand ich komisch, weil ich sah, daß im Haus noch Licht brannte.

Am liebsten ging ich mit den beiden zum Beerensuchen. Es war, als wüchsen genug Beeren, und die Büschlein wurden nie leer. Wir mußten auch nie weit gehen und konnten schnell unsere Eimerchen füllen. Mama sagte, daß die Beeren größer seien, wenn ich mit den Geschwistern Beeren suchte.

So vergingen die Sommer im Spiel, doch als ich zwölf Jahre alt wurde, erklärten sie mir, daß sie jetzt in den Borgarfjörður umzögen und wir dann nicht mehr miteinander spielen könnten. Ich mochte das nicht glauben, doch als ich im nächsten Frühsommer wieder aufs Land kam, mußte ich feststellen, daß all die schönen Häuslein verschwunden waren. Man hatte angefangen, das Gebiet abzuzäunen und jetzt waren dort gewöhnliche, graue Häuser im Bau.

(Viele Jahre danach, sagte mir meine Mutter, sie habe dort nie ein Haus gesehen, in dem die Geschwister zuhause waren, dort seien nur sehr große Steine gewesen. Komisch, nicht wahr?)

(Reykjadal in Mosfellsbær 1942)

Blumen im Fenster

In meinem Fenster stehen acht verschiedene Topfpflanzen. Ich weiß nicht genau, wie sie heißen, doch am meisten fällt ein großer Kaktus auf. In ihm wohnt ein rotgelber Kerl, der nicht wie ein Mensch aussieht, doch er läßt mich wissen, wie es ihm geht. Und nicht nur das, er sagt mir auch, wie es den anderen Pflanzen geht. Dort ist eine Yukka mit winzig kleinen Blumenelfen, und wenn sie durstig sind, dann sagt er mir das. Ich höre nur ihn

sprechen, nicht die anderen Blumenelfen, die kann ich nur sehen.

Im Sommer fliegen die Blumenelfen umher, sie kommen ungefähr Anfang April, schlafen aber in den kältesten Wintermonaten. Manche Blumen haben viele Wesen, andere nur eines; manche haben Flügel, andere Füße, doch mein Kaktuskerl scheint ganz mit rotgelben Federn bedeckt zu sein. Der Kaktus ist schon über vierzig und seit 1969 in meinem Besitz, deshalb ist es kein Wunder, daß er wie ein König über meine Blumen herrscht. Er will auch nicht neben irgend jemand anderem stehen.

Er findet Blumen, die blühen, langweilig, doch mir gefallen sie am besten, besonders Hoyja- und Hibiskuspflanzen. Ich habe immer behauptet, daß die Elfen dieselbe Farbe wie die Blüten ihrer Pflanze haben, doch der alte Kaktus hat noch nie geblüht. Vielleicht ist er nicht ganz gesund?

Er ist meist sehr höflich. Wenn ich verreist war und nach einigen Tagen zurückkomme, hüpft er und dreht sich, um mir zu zeigen, wie sehr er sich freut. Das habe ich gern, es ist, als sei er meine Katze. Gewöhnlich entfernt er sich nicht von seiner Pflanze, doch wenn ich so gerade zwischen Schlafen und Wachen bin, kommt er in das Zimmer, in dem ich schlafe, und will mit mir reden. Er hat mir erzählt, daß er aus Afrika stammt, sei dann nach Spanien gereist und von dort nach Skandinavien. Das finde ich lustig. Ich habe solch eine Kaktusart in Kalifornien gesehen, aber dort war der Elf rosarot.

Mein Elf möchte Musik und Licht haben, gerne auch Kerzenlicht, und am liebsten hat er, wenn ich für ihn auf meinem Instrument spiele. Eigenartig: Er hat Spaß am Wetter, wird traurig bei Regen und ist fröhlich bei Sonnenschein.

In meinem Zimmer steht ein Fikusbäumchen, das Menschengröße hat, und darin sind zehn kleine Elfchen in grün-roter Kleidung. Ihre kleinen Flügel funktionieren wie die eines Hubschraubers. Sie sind lustig und lebhaft, doch dem Alten gehen sie auf die Nerven. Das kann man gut erkennen. Es ist eben wie bei den Menschen, viele werden so ernst im Alter und vergessen zu lachen.

Einmal besaß ich eine Mimose, eine besonders schöne, empfindliche Pflanze, so fein und zart wie ein junges Mädchen. Ich habe sie neben den Topf des Alten gestellt. Er war darüber aber gar nicht froh. Es war, als hätte ich ihm einen bösen Streich gespielt. Er wurde ärgerlich, schnitt Grimassen und drohte diesem empfindsamen Wesen.

Ich wollte nicht gleich nachgeben. Ich dachte, das kann doch nicht sein, es wäre doch interessant, so verschiedenartige Blumen im Fenster zu haben. Aber es endete damit, daß ich die Mimose verschenken mußte, nachdem es sich als vergeblich herausgestellt hatte, sie in ein anderes Fenster zu stellen. Er ließ nicht locker, störte mich mit seinem Nörgeln und einem eigenartigen Pfeifton. Das haben sogar Gäste bemerkt, die mich besuchten. Sie hielten sich die Ohren zu und fragten:

»Was ist denn das?«

Was sollte ich antworten? Sollte ich sagen, das ist mein Kaktus? Was glaubt ihr, was die Leute gedacht hätten?

Jetzt ist er zufrieden, neben ihm steht eine Sukkulente. Ich glaube, sie wird Pfennigblume genannt. Bis jetzt habe ich zwar noch keinen Pfennig gefunden, doch die Blumenelfen darin sind feingliedrig und gelbweiß.

Im letzten Sommer war ich ein wenig auf Reisen. Dann ist es schön, wieder nach Hause zu kommen, denn der Kaktusmann heißt mich so freundlich willkommen. Wie alt er wohl sein mag? Ich glaube, er ist mir von allen Blumen am meisten ans Herz gewachsen, er ist so lebendig, obwohl er altersschwach geworden ist.

(Sommer 2007, zu Hause in Melhagi)

Die Geschenke

Einmal fuhr ich mit einem guten Freund ins Ostland. Er wollte, daß ich mit ihm einen Bauernhof besuchte, den er kannte. Dort war seit mehreren Jahren alles Mögliche geschehen. Die Mutter im Haus war krank, der Hausvater hatte Schwierigkeiten, sich im Leben zurechtzufinden, die Kinder gingen nicht zur Schule, weil sie kränklich waren und dort gehänselt wurden.

Mein Freund fand, das könne nicht mit rechten Dingen zugehen. Für all diese Schwierigkeiten müsse es eine Erklärung geben. Die Menschen auf dem Hof waren überzeugt, daß das Verstorbene wären, die ihnen Streiche spielen wollten.

Als wir in die Nähe des Hofes kamen, sah ich, daß er zwischen zwei Höfen des Huldufólks stand, die weder den Menschen noch anderen Elfen wohlgesinnt waren.

Es gab ganz eigenartige Ströme zwischen diesen Höfen, und sie gingen quer durch den Hof, in dem die Menschen wohnten.

Wir klopften lange und ausdauernd, bis wir endlich eingelassen wurden. Ich erzählte, was ich vorher draußen beobachtet hatte. Doch das wurde nicht gut aufgenommen.

»Huldufólk? Nein danke«, sagte die Hausfrau.

Nach einer Weile sagte der Hausherr:

»Aber was sollen wir jetzt tun?«

Ich zuckte mit den Achseln.

»Ihr könntet versuchen, euch mit dem Huldufólk anzufreunden, ihnen Grütze, Blumen und Licht schenken und alles einfach vor ihre Türe stellen.«

Sie waren ganz aus dem Häuschen, sehr erstaunt und verwundert. Ich hatte kein gutes Gefühl und wußte nicht, wie ich mich verhalten sollte. Deshalb verabschiedete ich mich, und bat meinen Freund, mit mir hinaus zum Auto zu kommen. Und wir fuhren zurück in die Stadt.

Nach etwa drei Wochen rief der Herr des Hofes bei mir an und sagte, er habe getan, was ich vorgeschlagen hatte. Alles sei besser geworden, seine Frau fühle sich wohler, die Kinder gingen wieder in die Schule, und er selbst habe eine Arbeit bekommen.

Ich sagte: »Ja, das ist gut, wenn man sich mit den Elfen und dem Huldufólk anfreundet.«

Viel später kam ich wieder in diese Gegend, ich machte dort einen Spaziergang und setzte mich danach auf einen Stein. Ich rief in Gedanken die Bewohner der Elfenwelten zu mir und bedankte mich bei ihnen.

Als ich zu meinem Auto zurückkam, standen dort drei braune Papiertüten, je eine mit Gemüse, Keksen und Obst. Das war bestimmt von ihnen. Es ist wirklich gut, wenn man eine Verbindung zu diesen Wesen hat.

(Aus dem Hrunamannahreppur 1968)

Unsichtbare Musik oder Elfentöne?

Mein Garten grenzte an zwei Seiten an Häuser von Elfen. Das Haus von uns Menschen stand mitten dazwischen. Die Elfenhäuser waren hinter alten Kiefern verborgen, in ihnen wohnten alte Elfenmänner, und es war, als seien sie dort die Herrscher. Wir Kinder mußten sie um Erlaubnis bitten, um sehen und hören zu können, was in diesen Häusern vor sich ging. Es war, als seien diese Elfen nicht alle vom selben Geschlecht, und nicht nur das, sie schienen einander weder zu kennen noch zu sehen.

An der Ostseite des Gartens stand ein zweistöckiges, schmales Haus mit spitzem Dach, doch auf der Westseite war ein ovales, blaues Haus. Natürlich gibt es überall verschiedenartige Häuser, doch lustig war, daß man in diesem

roten, hohen Haus oft dunkle Geigentöne hörte, zu denen manchmal auch gesungen wurde. Doch in dem blauen, breiten Haus wurde auf Flöten gespielt.

Ich möchte dir jetzt erzählen, daß mein kleiner Bruder dort stundenlang stehen oder sitzen konnte und zuhörte. Sogar mit Spielsachen konnte man ihn nicht weglocken, das haben wir oft versucht. Nein, er war so verzaubert, und er schien zu wachsen und zu gedeihen, während er draußen im Garten saß und zuhörte. Ich sollte auf ihn aufpassen, ich war ja vier Jahre älter. Und das war nicht besonders schwierig, man konnte ihn dort einfach sich selbst überlassen, während ich Fahrrad fuhr oder schaukelte.

Wenn Mama uns zum Essen rief, hatte der Kleine oft keinen Hunger, aber er konnte so schöne Melodien singen, daß Papa manchmal sagte, man könne darin etwas wie von Schubert oder Grieg hören.

Als mein kleiner Bruder sechs Jahre alt war, wollte er unbedingt Cellounterricht bekommen. Natürlich durfte er das. Mein Bruder sagte, dadurch fühle er sich ganz besonders mit seinen Elfen verbunden. Das kann ich gut verstehen, mir kam es vor, als sei in seinem Instrument ein ganz besonderer Zauber. Ich spielte Klavier und unsere Schwester Geige, das waren ganz gewöhnliche Töne, doch wenn unser Jüngster sich hinsetzte und auf seinem kleinen Instrument spielte, war es, als spielten viele Instrumente.

Einmal geschah es, daß Gäste zu Besuch kamen, sie hatten wilde Buben dabei, die sich über das kleine Cello hermachten. Und am Abend sah man, daß die Rückseite des Cellos einen Sprung bekommen hatte. Mein kleiner Bruder weinte, doch unser Vater sagte, er kenne einen geschickten Mann in der Stadt, und er wolle es dort hinbringen.

Am nächsten Tag fuhr er los, überall lag Schnee und es war gerade sehr kalt. Komischerweise mußte Papa sich im nächsten Dorf krank ins Bett legen, doch das Instrument wurde mit dem Überlandbus weiter geschickt. Doch dieser Bus kam wegen Glatteis vom Weg ab, viele Kisten und Kartons erlitten Schaden, sogar der Fahrer wurde verletzt, aber dem Instrument geschah nichts. Mama sagte, das kleine Engelsinstrument sei wohl besonders geschützt.

Unser Papa wurde wieder gesund, und der kleine Junge wurde erwachsen und ist jetzt draußen in der Welt. Er spielt oft Cello, und alle, die ihn hören, finden, er sei sehr begabt. Doch wenn du ihn fragst, wer ihm am meisten beigebracht habe, dann sagt er:

»Du kannst ihn nicht sehen. Das ist ein alter Freund aus meiner Kinderzeit, er wird mir wohl immer folgen.«

(Grundabær 1979 - 2007)

Das Haus im Haus

Katrín Jónsdóttir, die in Akureyri wohnt, bat mich, ihre Schwester Heiðrún zu treffen. Sie sagte, bei ihr zu Hause herrsche abends so viel Unruhe. Am Abend, wenn die Familie sich ausruhen und zu Bett gehen wolle, höre man Lärm, als ob Türen zugeschlagen würden, jemand renne die Teppe hinauf und hinunter und dann sei auf einmal Essensgeruch im ganzen Haus. Die Hausfrau, Heiðrún, könne das einfach nicht verstehen, sie wolle zur Nachtzeit Ruhe im Haus haben.

Ich kam also zu diesem Haus und sah gleich, als wir uns näherten, daß es darin ein anderes Haus gab, dessen Dach über Heiðrúns Haus hinausragte. Damit gab es eine Erklärung, doch was war nun zu tun?

Ich schlug Heiðrún vor, sie solle die andere Hausfrau – in dem Haus im Haus – zu sich rufen und sie bitten, ihren Tagesablauf zu ändern.

»Wie soll ich denn das anpacken? Ich sehe doch gar nichts, obwohl ich diese Leute hören kann«, sagte sie.

Ich versuchte mit der unsichtbaren Frau zu reden. Sie hieß Álfrún und schien nett zu sein. Sie nahm meinen Vorschlag gut auf. Anschließend sagte ich zu Heiðrún, sie solle Álfrún zu sich ins Wohnzimmer einladen. Sie selbst könne sich dort aufs Sofa setzen, ein Weilchen warten und sie dann bitten, sich neben sie zu setzen. Das Sofa würde zwar keine Spuren zeigen – wie wenn sich jemand hinsetzte – doch Heiðrún solle nur die Augen schließen, dann würde sie bald Álfrúns Nähe fühlen.

»Was soll ich denn zu ihr sagen?« fragte Heiðrún.

»Sage ihr dasselbe, was du mir erzählt hast«, antwortete ich. »Ich habe mit der unsichtbaren Frau gesprochen. Sie sagte mir, sie habe drei jugendliche und zwei kleine Kinder und einen Mann, der hieße Styrmir. Das erklärt, warum man immer etwas hörte.«

Ich verabschiedete mich von Heiðrún, nachdem ich bei ihr Kaffee getrunken hatte.

Später habe ich dann meine Freundin Katrin gefragt, ob ihre Schwester mit der unsichtbaren Frau im Haus gesprochen habe.

»Ja, das hat sie getan, und jetzt ist alles viel besser geworden. Jetzt schlafen alle zur gleichen Zeit, und am Morgen, wenn die Menschen aufstehen, duftet es schon nach Kaffee und Toast, so etwas dringt ja überall durch! Aber das ist angenehm, auch wenn sich in der Küche der Menschen noch nichts rührt.«

Nach zwei Jahren kam ich wieder ins Nordland und erfuhr, daß die Leute dort im Haus wieder nicht schlafen konnten. Genau wie damals, sei wieder so viel Unruhe und Lärm im Haus, auch höre man lautes Rufen und Geschrei. Ich ging wieder dorthin. Vor dem Haus begegnete ich drei kleinen, unsichtbaren Kindern.

Ich fragte: »Wohnt ihr hier?«

»Nein, wir sind hier in Ferien«, antworteten sie.

Sie waren ganz vergnügt, und ich war erleichtert. Doch die Leute im grauen Menschenhaus sagten, so viel Krach und Unruhe hätten sie noch nie erlebt. Sie sagten, sie hätten den ganzen Sommer über noch kein Auge zugetan. Das konnte ich nicht ganz glauben, weil sie gut aussahen und auch fröhlich und vergnügt waren. Ich dachte, ich sollte vielleicht wieder selbst mit Frau Álfrún reden.

Deshalb ging ich vors Haus und rief sie zu mir. Sie sagte, das sei alles wahr, bei ihnen seien zwei Ehepaare zu Besuch und jedes habe drei Kinder; sie seien schon seit zwei Monaten zu Gast, würden aber Ende August wieder wegfahren. Sie sagte, wenn die Schule wieder anfinge, würde sich alles wieder ändern.

Ich sagte: »Sind deine Kinder auch in einer Schule?«

»Ja, was glaubst du denn, wir Unsichtbaren haben auch Schulen, genau wie die Menschen. Und ich weiß sogar, daß du unsere Schulen dort unten schon gesehen hast«, antwortete Álfrún.

Plötzlich rollte uns ein Ball entgegen, und die Kinder, die ich draußen vor dem Haus gesehen hatte, riefen: »Dieser Ball gehört uns!«

Ich nahm den Ball und warf ihn zurück. Und weißt du was? Plötzlich verschwanden der Ball und die Kinder, ich saß allein dort vor dem Haus im Gras und alles war ganz still.

Doch dann rief ich halblaut: »Frau Álfrún!«

Und obwohl es nur ein paar Augenblicke her war, trug sie jetzt ein anderes Kleid in Rot und Weiß. Eigenartig!

Álfrún fing an und fragte mich: »Warum sollen wir immer Rücksicht auf die Menschen nehmen, obwohl sie keine Rücksicht auf uns nehmen?«

»Ach meine Liebe«, sagte ich, »so sind wir Menschen eben. Wir sehen nicht gut genug und bestimmen deshalb einfach über euch und alle Elfen. Das tut mir wirklich leid. Doch du kannst von Glück sagen, daß du mit Menschen zusammenlebst, die hören, obwohl sie nichts sehen.«

»Ja gut«, sagte sie, »aber früher haben die Mädchen in diesem Haus meine Mädchen gesehen!« Und dann fügte sie hinzu: »Doch du solltest mit den Nachbarn im Haus nebenan sprechen, ich weiß, daß es allen dort drüben gar nicht gut geht.«

»Ach nein, das geht leider nicht«, sagte ich. »Man kann doch nicht bei wildfremden Menschen anklopfen und fragen: Braucht ihr Hilfe, damit ihr mit den Leuten, die im Haus in eurem Haus wohnen, Verbindung aufnehmen könnt?«

»Ihr Menschen, seid wirklich eigenartige Leute, das muß ich sagen«, sagte Álfrún. »Aber eure Kinder haben bessere Augen als die Erwachsenen.«

(in Akureyri im Sommer 2007)

Die Kinder der Zwerge, der Elfen, des Huldufólks und der Menschen spielen miteinander

Zwerge sind im Erwachsenenalter so groß wie fünfjährige Kinder. Sie wohnen unter Grasbüscheln, in der Lava und hier und dort – die Leute würden dies wohl Steine oder sogar Felsbrocken nennen. Es gibt viele Arten von Zwergen; nicht alle sind freundlich, doch die, von denen ich hier erzählen will, sind besonders erfinderisch und einfallsreich.

Elfenkinder sind lustig. Sie können sogar wirklich zaubern, durch die Luft fliegen, plötzlich verschwinden und auf einmal wieder erscheinen.

Die Kinder der Unsichtbaren (des Huldufólks) ähneln uns Menschen, sie können hinfallen und sich wehtun, im Sumpf versinken und in Pfützen naß werden, genau wie wir.

Auf dem Land, bei Opa und Oma, war es immer besonders lustig, aber man hatte uns Kindern verboten, nahe der Felswand, die oberhalb des Hofes war, laut zu sein. Dort wohnten nämlich diese Kinder, von denen ich dir erzählen will.

Oma wußte alles, doch sie sagte oft: »Rede nicht darüber, mein Kind. Die Leute wollen nicht wissen, daß dort oben Häuser sind. Sie wollen glauben, dort seien nur Felsen und kein Leben außer bei dem Rabenpaar. Findest du das nicht eigenartig?«

Als ich acht Jahre alt war, war ich längere Zeit dort auf dem Land, damals stiegen wir oft neben dem Hausbach den Hang hinauf. Der Bach kam in Stufen von oben herab und hatte seinen Ursprung ganz weit oben im Berg. Sein Wasser war lauwarm und stammte aus einer warmen Quelle von weit oben. Ich weiß, daß Opa davon sprach, man sollte den Bach bis zum Haus leiten. Doch Oma war dagegen, weil diese Quelle im Besitz der Elfen sei.

So ist das, sie wußte davon, doch Opa fand nichts dabei, den Bach zu nutzen. Natürlich soll man den Elfen nicht das wegnehmen, was ihnen gehört, aber, warte nur.

Der Hausbach rauschte in kleinen Kaskaden den Berg hinab. Kannst du dir vorstellen, wie lustig es war, dort zu spielen? Wir Kinder zogen Schuhe und Socken aus und vergnügten uns dort alle Tage. Einmal stiegen wir höher hinauf als gewöhnlich, da erschienen kleine Elfenkinder und spielten mit uns. Sie konnten über diese kleinen

Wasserfälle hüpfen, was uns nicht gelang. Dann spielten wir Fangen, doch das war nicht ganz fair, sie konnten plötzlich verschwinden, auch das konnten wir nicht. Sie neckten uns und pfiffen aus einer Richtung, und als wir dort hinliefen und schon aufgeben wollten, erschienen sie plötzlich aus einer ganz anderen Richtung.

Die kleinen Zwergenkinder gaben richtige Vorstellungen. Sie tanzten auf dem Wasser. Zwischen den Wasserfällen gab es nämlich kleine Seen – oder große Pfützen. Es war, als spielten sie auf Zauberinstrumenten, während sie untertauchten oder auf Zehenspitzen tanzten und kaum das Wasser berührten. Sie waren klein und trugen bunte Gewänder, die glitzerten und glänzten. Es war zauberhaft schön! Sie glichen Wasserfeen, kannst du dir so etwas vorstellen?

Danach kamen die Kinder der Unsichtbaren, sie konnten auf den Wasserfällen hinunterrutschen und wurden nicht einmal naß; warum konnten wir das nicht?

Einmal waren wir schon lange Zeit draußen gewesen, so kam es mir jedenfalls vor. Plötzlich fing es an zu stürmen, und wir beschlossen, uns auf den Heimweg zu machen. Diejenigen, die in den farbenfrohen Häusern wohnten, verschwanden nacheinander, doch wir suchten immer noch nach unseren Schuhen.

Ich war müde und hungrig geworden und wollte nach Hause zu Oma, konnte aber meine Schuhe nicht finden. Ich war schon ganz verzweifelt, setzte mich ins Gras und fing beinahe an zu weinen, doch nicht ganz, ich war ja eigentlich zu groß für so etwas.

Da sah ich plötzlich viele klitzekleine Gnome, dicht beieinander, zwischen den Grasbüscheln, gar nicht weit von mir. Ich stand auf, und was glaubst du? Dort waren meine Schuhe und meine Socken! Diese Gnome necken so gern und setzen sich auf Dinge, die wir dann nicht mehr sehen können. Ich weiß auch, daß die Heim- und Hauszwerge, die nicht größer als meine Hand sind, sich gern auf Schlüssel oder Brillen setzen und schwupp – weg, verschwunden!

Danach kam ich endlich nach Hause; alle anderen Kinder waren schon zurück, und Opa sagte: »Mein liebes Kind, ich wollte gerade losgehen und dich suchen.«

(Erzählung aus Reykhólasveit 1965)

Die Drude und das Kind

Ein alter Herr rief an und bat mich, mit nach Osten, nach Álfsstaðir zu fahren, weil er mir das Grab einer Drude zeigen wollte. Ich fragte: »Was ist denn das? Ich habe einmal etwas darüber gelesen, doch ich weiß nicht mehr, was das ist.«

Er antwortete: »Ich glaube, daß du das in der Landschaft erkennen wirst. Als ich jung war, wurde viel darüber geredet. Dort war ein länglicher Hügel, nicht weit vom Haus, und alle sagten, das wäre ein Grab, doch ich mochte das nicht glauben. Aber weil ich weiß, daß du so gut sehen kannst, möchte ich dich bitten, mit mir nach Osten zu fahren, um mir zu zeigen, wo dieser Hügel war. Ich glaube, daß etwas in der Landschaft darauf hinweist. Zwar wurde inzwischen die Wiese eingeebnet. Ich hatte aber damals ein Zeichen gesetzt, dort, wo der Hügel war, dadurch kann ich den Ort wahrscheinlich wiederfinden. Später will ich dir dann erzählen, wie ich als Kind diesen Hügel erlebt habe.«

Wir fuhren also zusammen nach Skeið; unterwegs gab es viel zu sehen: Elfenwohnungen und Lichter in Steinen und Bergen. Der Berg Hengill ist besonders interessant. Ich nahm mir vor, später dorthin zu fahren. Die Landschaft im Skeiðahreppur ist schön, man hat eine weite Sicht: Rotgelbe Lichter sind über der Hekla und dem

Eyjafjallajökull, auch sieht man dieses wunderbare Blau über dem Þríhyrningur.

Dann kamen wir an die Abzweigung zum Bauernhof. Bis dorthin war es noch ziemlich weit, und ich überlegte, daß man früher wohl viele Schritte machen mußte, um die Milchkannen bis zur Straße zu bringen, wo sie dann abgeholt wurden.

Auf unserem Weg zum Hof hielt ich an, weil ich eine eigenartig blaue Mütze oder so etwas wie eine umgekehrte Schüssel weit draußen auf der Wiese sah. Dies war keine gewöhnliche Mütze, sie schien viele Meter breit zu sein. Mein Reisegenosse fragte, warum ich anhielte, und

ich erklärte ihm das. Wir stiegen aus dem Auto und gingen dorthin, doch in der Landschaft war nichts Besonderes zu sehen, nur das, was sich mir als innere Schau gezeigt hatte.

»Was siehst du hier?« fragte der alte Herr.

»Ich möchte glauben, daß hier so etwas wie eine Thingstätte gewesen ist, denn diese Gedankenform habe ich schon an anderen Stellen des Landes gesehen, z. B. bei Kjalarnes und dem See Elliðavatn.«

»Ach ja, mein Vater wollte hier einmal einen Schafstall bauen, er fand sogar noch alte Gebäudereste. Die Nachbarn aus der Gegend kamen und sagten dasselbe, was du vermutest. Viel später habe ich dann etwas über dieses Thing zu lesen bekommen, ich werde dir das später zeigen.«- Und das hat er getan.

Wir fuhren nun weiter zum Hof und standen dann vor dem Haus. Ich überlegte, wo denn dieser Hügel gewesen sein könnte und starrte hinaus auf die Wiesen. Dort gab es viele Energielinien, die kreuz und quer verliefen. Auch waren dort Energiequellen wie Springbrunnen anzusehen in vielerlei Lichtfarben, eine ganz nah beim Haus und auch eine weit draußen auf der Wiese. Ich ging über die Wiese und sagte:

»Das muß hier gewesen sein.«

»Da hast du recht, meine Liebe«, sagte er, kniete ins Gras und zog einen kleinen Pflock aus der Erde.

»Und jetzt mußt du mir etwas darüber erzählen«, sagte ich.

»Als ich ein kleiner Junge war, hatte ich hier eine gute Freundin. Das war eine alte Frau, die mich tröstete, wenn ich traurig war, und ihre Hände auf mich legte, wenn es mir nicht gut ging. Sie konnte mir sagen, was in den nächsten Tagen geschehen würde, und ich erfuhr manches, was dann bald Wirklichkeit wurde: Ich konnte meinen Leuten sagen, wie das Wetter würde, und wenn ich etwas verloren hatte, sagte sie mir, wo ich suchen sollte.

Das Beste von allem war ein wertvoller Gegenstand, den sie mir schenkte, er besaß Zauberkraft. Das war eine Fadenrolle, die manchmal rot und manchmal blau war und die Farbe wechseln konnte, ich weiß nicht wie. Der Zauber aber zeigte sich darin: Mein Vater und meine Mutter waren sich oft nicht ganz einig, und wenn ein Streit in der Luft lag, stellte ich die Fadenrolle zwischen ihnen auf. Und schwupps, alles verschwand. Sie wußten nicht mehr, was sie sagen wollten, und fielen sich in die Arme. Auch wenn Mama oder Papa uns Kinder schelten wollten, stellte ich heimlich die Fadenrolle vor ihnen auf und dann vergaßen sie alles.«

»Und wo ist diese Fadenrolle heute?«

»Sie ist längst verloren. Sie verschwand, als ich ins Konfirmandenalter kam. Wahrscheinlich war sie dann nicht mehr so wichtig für mich. Und als ich älter wurde, verschwand auch diese alte Freundin. Meine Brüder haben mich deshalb früher gehänselt, sie konnten nichts sehen. Ich glaube, sie haben mich wegen dieser Bekannt-schaft beneidet.«

Ich wollte in Ruhe nachdenken und bat meinen Bekann-ten, mich eine Weile dort allein zu lassen. Er war einver-standen und verschwand hinter einer Hausecke.

Zuerst setzte ich mich hin und meditierte. In meinen Gedanken breitete ich Licht über die Wiese, diese Gegend und das Land und bat Gott, alles zu segnen, auch die Men-schen, die hier gelebt hatten.

Plötzlich sagte jemand hinter mir: »Höre meine Liebe, wartest du auf mich?«

Ich drehte mich um und sah eine alte Frau, mit einem Schal über den Schultern, der von vorn über Kreuz nach hinten gebunden war, wie bei einer echten isländischen Oma. Sie hatte so wunderbar milde Augen. Ich begrüßte sie und fragte neugierig:

»Wie wurden denn früher diese Lichtquellen genutzt?«

»Ja, stell' dir vor, zur Sommersonnwende und Winter-sonnenwende kamen Männer und Frauen, besonders weise Menschen zu diesen Quellen, wie du sie nennst, und füllten sich mit Kraft. Jetzt ist das alles vergessen, und die Menschen haben auch vergessen, daß man viel mehr von der Natur lernen kann, als das, was sie heute nutzen. Diese Menschen, über die ich spreche, wußten damals auch etwas über die Sterne und Himmelskörper, sie konnten das Wetter verstehen und deuten und kannten die Wirkungen der Pflanzen. Dies waren die Ärzte ihrer Zeit, richtige Naturgelehrte. Doch die Allgemeinheit fürchtete sich vor diesen Menschen, manche glaubten sogar, sie seien Zauberer und Hexen.

So ist es immer, die Menschen fürchten sich vor dem, was sie nicht ohne weiteres verstehen. Doch sage mir, meine Liebe, warum zeigst du den anderen nicht, wie man sich hier und an anderen Stellen im Land Kraft schöpfen kann? Komm' doch hierher, wir wollen ganz nah beieinander stehen, dann will ich dir zeigen, wie du am besten Kraft bekommst.«

Wir standen dicht beieinander, und es war, als löste ich mich auf, durch meine Fußsohlen strömte eine gewaltige Kraft, und unbewußt streckte ich meine Arme zum Himmel empor. Es war, als würde ich zu einem hellen Leuchtzeichen!

Danach legte die gute alte Frau ihre Hände auf meinen Kopf und sagte:

»Du kannst mit mir Verbindung aufnehmen, wann immer du willst und überall, wo du ein Drudengrab findest.«

Damit verschwand sie, doch ich wandte mich wieder denen zu, die auf mich warteten. Und ich war danach von ganzem Herzen froh.

Später fuhren wir wieder zurück in die Stadt.

(Álfsstaðir 1995)

Das Thing – das Treffen

Im alten Vulkankrater, der Kerið heißt und im Bezirk Grimsnes ist, sollte ein Treffen der Zwerge und Gnome Islands abgehalten werden.

Die Zwerge aus dem Lavafeld bei der Skaftá sandten eine Absage, sie seien in solch finsterer Laune.

»Das überrascht mich nicht«, sagte der Oberzwerg des Landes, der im Borgarvirki, in der Húnavatnssýsla wohnt. »Sie haben immer Schwierigkeiten mit ihrem Gemüt. Vielleicht sollten wir ihnen kleine Móur senden, die sind so süß und lustig.« (Móur sind kleine Gnomenfrauen aus dem Vatnsdal, in der Húnavatnssýsla.)

Wir stimmten zu: »Wir haben zwar nicht mehr viel Zeit, aber wir können es versuchen.«

Die Zwerge aus Þórsmörk, Þingvellir, von den Westmännerinseln, vom Norden aus Dimmuborgir, von Eldborg in der Myrasýsla, von Lón, den Dverghamrar, von Borgarfjörður im Ostland und im Südwesten des Landes haben sich schon angemeldet. Es wird sehr aufschlußreich sein, Nachrichten von all diesen Orten zu erhalten. Ehrengast wird Baeringur von Lómagnúpur sein. Er ist der älteste aller Zwerge und besonders ehrenwert.

»Bringt er vielleicht mehr Nachrichten mit als wir anderen?« brummte jemand.

»Das wird sich zeigen. Wir besorgen das Feuerwerk und ihr den Proviant, nicht wahr?«

Und jetzt will ich euch erzählen, wie alles vor sich ging:

Die meisten kamen angeflogen, andere in Wagen – du weißt, in solchen, die schweben. Aus dem Osten des Landes kamen sie auf Schwebe-Nachen. Die aus Ásbyrgi kamen auf Kaninchen angeritten, und wir aus dem Norden kamen zu Fuß mit den Trollen.

Als wir am Berg Ingólfsfjall vorbeikamen, begrüßten uns dort würdevoll die schönfarbenen Bergwesen, und dann lag der Krater Kerið vor uns. Die Zwerge von Þingvellir hatten sich, wie eine Mannschaft, rund um den Rand aufgestellt, ihre Schilder glänzten, das war ein überwältigendes Bild! Wir hatten einen reservierten Platz in der zweitobersten Reihe, auf den Treppen über den Freunden aus der Eldborg.

Zuerst erschien Bæringur, der Ehrengast auf der Bühne:

»Ich überbringe euch die Grüße vom Südland, von den Gletschern und auch von den Wesen in allen Wasserfällen im Süden.«

Alle klatschten und pfiffen.

Dann erschienen die Freunde aus Dverghamrar auf der Bühne:

»Wir begrüßen euch und teilen mit, daß wir immerfort versuchen, mit den Menschen Verbindung aufzunehmen, um Frieden zu schließen und den Kontakt zu den unsichtbaren Wesen zu verbessern.«

Dies wurde gut aufgenommen.

Jetzt kam die Gruppe aus Þórsmörk und berichtete, sie sorgten dafür, daß Ljúflingar (Lieblinge) und Trollwesen eine gute Verbindung hätten. Dann erzählten sie, daß jetzt, da die Gletscher am Schwinden wären, ganze Elfensiedlungen auftauchten, Dörfer, die noch nie Verbindung mit der Umwelt gehabt hätten. Jetzt sei es wichtig, die Zwergensiedlungen neu zu planen, um Zusammenstöße zu vermeiden, denn diese Wesen hätten ein dunkles Gemüt, ähnlich unseren Freunden im Gebiet der Skaftárlava. Auch dieses wurde gut aufgenommen.

Die Gruppe aus Þingvellir kam und berichtete von der Bergkönigin, Skjaldbreið. Sie sei bei bester Gesundheit und eine wachsame Schutzherrin ihrer Gegend, auch für die Elfen, die Unsichtbaren und die Menschen. Die heiligen Lichter auf Lögberg, zwischen der Nikulás- und der Flosagjá (Schlucht), und das dritte Licht, auf dem Hólm in der Öxará, strömten hell. Und die Menschenwesen im Land seien jetzt dabei, sie wieder zu entdecken, nach einer Wartezeit von tausend Jahren! Nun wurde kräftig geklatscht und gepfiffen.

Dann erschienen Wesen aus der Eldborg auf der Bühne, sehr schön anzusehen. Sie sind eigentlich die schönsten aller Zwerge – doch das darfst du möglichst nicht laut sagen, weil sonst jemand böse werden könnte. Sie erzählten, daß sie die Sonne über Eldborg gezähmt hätten. Sie nutzten diese Helligkeit, um ihre Strahlen über das ganze Gebiet zu breiten, das sei wie ein vervielfältigter Regenbogen und das komme auch den Menschenwesen zugute.

Diese könnten sich allerlei Farbstrahlen wählen und dann als Wege zwischen den Welten benutzen. Die Menschen könnten z. B. die blauen Strahlen als Wege benutzen, um Verwandte und Freunde, die von der Erde verschwunden sind – was »gestorben« genannt würde – zu besuchen. Dies wurde sehr gut, mit Bravorufen und Beifall aufgenommen.

Jetzt begannen einige Gruppen zu singen.

Die Zwerge aus Dimmuborgir, wie immer schmuck gekleidet, zeigten ernste Mienen.

»Wir grüßen euch und bringen besondere Grüße von der schönen Königin der Berge, Herðubreið, und lassen euch wissen, daß wir auch eine gute Verbindung mit der Pflanzengöttin haben, die sich um die Wälder im Nordland kümmert, insbesondere den Vaglaskógur, Kjarnaskógur, in Ásbyrgi und beim Axarfjörður. Wir können euch die Anschrift der Pflanzengöttin überlassen, wenn ihr das wünscht!«

Und wieder gab es rauschenden Beifall und Hurrarufe.

Jetzt erschienen die Zwerge von den Westmännerinseln und berichteten von ihrer Verbindung zu den Meermännlein und Meerfrauen. Es sei gut, mit diesen Wesen in Verbindung zu sein, das schaffe mehr Gleichgewicht im Zusammenleben der Meereswesen und mit der Menschenwelt, denn die Menschen wollten oft zu »großzügig« bei ihren Fangzügen auf die Fische und Meereswesen sein.

Jetzt kamen die Wesen, die im Ostland, in Lón leben. Sie glichen mehr Lichtelfen als Zwergen, sie waren so feingliedrig und wunderschön. Es war, als sprächen sie eine Sprache, die für andere kaum zu verstehen ist. Ihre Sprache wehte auf uns zu wie eigenartige Wolkenschleier und in wechselnden Farben. Ihre Sprache war wie ein lebendes Gemälde, schön und ganz außergewöhnlich. Reine Wonne.

Dann kamen Zwerge aus dem Borgarfjörður im Ostland, mit Grüßen von den Menschen, die all den verborgenen Wesen dankten, für ihre guten Einfälle, Gedanken und Ideen, die ihnen durch sie geschenkt worden waren.

Und dann endete diese Zusammenkunft mit einem Feuerwerk auf vielen Daseinsebenen.

Wir bekamen etwas zu essen, verzierte Kuchen und vielfarbige Getränke. Manche Gruppen fingen an zu singen, andere tanzten. Es war großartig, all diesen Wesen zuzusehen und dies zu erleben.

Danach begannen die Wesen, Gruppen zu bilden. Die Trollkinder waren schon unruhig geworden, standen in einem Knäuel beieinander und warteten auf ihre Gruppe zur Heimreise.

Ich weiß, daß die Gruppen sich froh auf den Heimweg machten – nach einem ganz besonderen und farbenfrohen Vergnügen. Alle konnten den Ort voll Dankbarkeit verlassen, weil nun ein Gleichgewicht zwischen der Menschenwelt und der Welt der Verborgenen erreicht wäre.

Die Scheren

Ich besaß vier Scheren und meine Mutter hatte drei, doch alle gingen verloren. Ich hatte ihre Scheren früher oft geliehen bekommen, manchmal hatte ich sie auch wieder zurückgebracht, doch oft vergaß ich, wo ich sie zuletzt hingelegt hatte, und dann war es, als verschwänden sie einfach. Ich brauchte oft Scheren: für Fischgräten, Grünzeug und besonders auch, um Stoffe zuzuschneiden. Daraus wurden dann Kleidungsstücke. Doch es war wie verhext, wenn ich eine Schere weglegte, war sie aus meinem Blickfeld verschwunden.

Eines Abends wollte ich Röcke zuschneiden aus einem schönen, rot-weiß-karierten Stoff. Das sollten Röcke für meine Töchter werden. Aber wo waren jetzt die Scheren?

Ich suchte in allen Schubladen und konnte sie nicht finden. Schließlich ging ich zu meiner Mutter, die im Stockwerk unter uns wohnte.

»Willst du mir bitte deine Schere leihen?« fragte ich.

»Das wäre ja selbstverständlich, aber ich habe keine einzige mehr, du hast schon alle verloren.«

Ich versuchte, den Stoff zu reißen oder Fäden herauszuziehen, so wie sie das in Geschäften machen, doch das half wenig. Ohne Schere konnte ich einfach nicht weiterkommen. Nun wurde ich ärgerlich. Ich rief meinen Hauszwerg:

»Jetzt mußt du mir helfen. Willst du denen, die die Scheren genommen haben, sagen, daß sie sie zurückbringen sollen?«

Er sah mich freundlich lächelnd an, sagte aber kein Wort. Dann gingen alle zu Bett und schliefen ruhig und friedlich. Ich konnte in dieser Nacht nicht so gut schlafen, weil ich schlechte Laune gehabt hatte, und am nächsten Morgen war ich als erste auf den Beinen, was ungewöhnlich war.

Und was, denkt ihr, erwartete mich in der Küche? Auf dem Küchentisch lagen sieben Scheren, alle in einer Reihe!

Jetzt machte ich die Runde und fragte, wer denn die Scheren gefunden hätte? Doch keiner wußte etwas davon. Danach klopfte ich bei meinem Hauszwerg an die Wand und sagte DANKESCHÖN.

Ich habe nie herausgefunden, wie die Scheren verschwanden und dann wieder erschienen. Aber meine Töchter haben ihre Röcke bekommen.

(geschrieben in Reykjavík 1972)

Seine Urgroßmutter...

Als hier im Land im achtzehnten und neunzehnten Jahrhundert durch Vulkanausbrüche und Krankheiten die Not und der Hunger am größten waren, wanderten viele Isländer nach Westen – nach Kanada oder Nordamerika – aus. Zu diesen Menschen gehörte auch eine Frau, die ganz besondere Gaben hatte. Sie konnte in der Luft schweben und steile Felswände erklimmen. Sie bewegte sich in der Luft, als ginge sie über Wiesen. Sie konnte auch in Berge und Hügel sehen.

Dort im Westen heiratete sie, bekam Kinder und eine große Familie. Sie hatte auch eine »Fernsicht«. Sie konnte Gegenstände wiederfinden und das, was verlorenging. Sie hatte zum Beispiel früher den Bauern auf Island geholfen, Schafe wiederzufinden, die im Herbst nicht allein zum Hof zurückfanden. Die Menschen kamen damals zu ihr, und sie bat sie, ein wenig zu warten, während sie verschwand. Die Leute sahen, daß sie sich in eine Ecke setzte und ihr Gesicht mit den Händen bedeckte. Als sie wieder aufsah, sagte sie:

»Ja, das Schaf Kolla ist auf einem Felsvorsprung, dort im Efstafjall.«

Diese Begabung machte auch von sich reden, als sie dort in den Westen, in ihre neue Heimat kam. Man bat sie um Hilfe, wenn es darum ging, Menschen hoch oben in den Bergen zu finden, und wie ich schon erwähnte, konnte sie über große Landgebiete fliegen.

Einmal gelang es ihr, Menschen zu retten, die im tiefen Schnee festsaßen. Sie wollten einen Ausflug machen und waren bei bestem Wetter mit ihren Kindern und einem Zelt im großen und schönen Yosemite-Nationalpark unterwegs. Sie wohnten aber in Los Angeles in den Vereinigten Staaten. Dies war zur Sommerzeit, Anfang Juni. Die Familie hatte alles andere als solch ein Wetter erwartet. Ihr Zelt und auch die Schlafsäcke waren dünn, weil sie mit Sommerwetter und Sonnenschein gerechnet hatten. Doch plötzlich hatte es angefangen zu schneien, und es war, als wolle der Schnee alles unter sich begraben!

Doch wie erfuhr die Isländerin davon?

Sie sah plötzlich drei große Engel in ihrem Wohnzimmer erscheinen, die sie baten, mitzukommen und zu helfen. Sie sagten, sie könnten ihr nicht mit stofflicher Hilfe beistehen, doch sie könnten den Menschen Mut geben.

Die Frau zog ihre wärmsten Sachen an und flog los. Die Engel zeigten ihr den Weg, das war kein Problem.

Als sie an die Stelle kamen, war es den Kindern schon sehr kalt geworden, sie saßen im Auto, doch das wollte nicht anspringen und stand still. Der Vater versuchte, durch sein Telefon Hilfe herbeizurufen, doch die Mutter hatte gebetet, wie sie das in Notfällen tat, wenn etwas nicht in Ordnung war. Und das hatte geholfen.

Diese Familie konnte die Engel nicht sehen, aber die Isländerin, und sie fragten sie, wo denn ihr Auto stünde.

»Kümmert euch nicht darum, ich will euch helfen«, sagte sie.

»Aber wie soll denn das gehen?« fragte das Familienoberhaupt, sah verwundert diese Frau an und dachte, das ginge sicher über ihre Kräfte.

Doch die Frau konnte mehr, als er vermutet hatte. Das Auto kam wieder in Gang, und es wurde sogar warm darin. Dann reichte sie den Kindern warme Brote und Saft, und die Eltern bekamen Kaffee, um warm zu werden. Die Älteren legten das Zelt zusammen, und dann war es, als verschwände der Schnee vor dem Auto. Das hilfreiche Wesen begleitete das Auto – so schien es –, obwohl das Auto mit einer Geschwindigkeit von 20 Meilen fuhr.

»Findet ihr das nicht irgendwie wunderlich?« fragte die Mutter ihre Kinder und den Vater.

»Ach, jetzt versuchen wir zuerst, zurückzukommen und zerbrechen uns dann später den Kopf darüber«, antwortete er.

Die drei Engel waren mit unterwegs, doch nicht alle konnten sie sehen. So ist das im Leben, manche sehen besser als andere, wieder andere hören besser oder können solche Dinge fühlen.

Sie kamen bald auf schneefreies Gebiet, und dort verabschiedete sich die Frau von den Leuten, die ihr nachstarrten, als sie wegflog, und sich wunderten und freuten.

Diese Isländerin hieß Sigþrúður. Sie hatte Kinder und Enkel, und ihre Nachfahren erbten auch ihre wunderbare Begabung. Zum Beispiel war ein Enkel dort im Westen sehr bekannt, aber er sagte allen, er habe diese Gabe, weil seine Urgroßmutter in jungen Jahren von einer Spinne gebissen worden sei. Die Wahrheit ist, daß seine Urgroßmutter mit diesen Gaben von Island kam, aus diesem Zauberland im hohen Norden.

Zu solchen Gaben gehört auch eine gewisse Verantwortung. Wenn du zu diesen Menschen gehörst, mußt du denen, die in Not sind, helfen, ganz gleich, wie es bei dir persönlich zugehen mag.

(Reykjavík 2007)

Der Unbekannte

Ich kam gerade aus dem Musikladen und stehe auf dem Gehsteig der Straße, die Skipholt heißt. Ich stehe dort und genieße die frische Luft, helles Tageslicht und die Freude am Dasein, als jemand »Erla« ruft und ich mich umdrehe:

Ein Mann mit schönen Augen, nicht sehr groß, kommt auf mich zu und streckt mir seine Hand entgegen. Ich ergreife sie, der Händedruck ist fest und angenehm. Er trägt eine dunkle Jacke mit goldenen Knöpfen, und ich denke: Ja, er ist wohl auf einem Schiff.

Er hat eine dicke Pelzmütze auf dem Kopf, die wir hier Russenmütze nennen. Mir ist der Mann ganz unbekannt, doch er lächelte warm und freundlich.

»Sei gegrüßt«, sagt er, und ich erwidere seinen Gruß und sage:

»Guten Tag« und bemerke, daß er ein Mann aus Osteuropa ist.

Er sagt: »Ich kenne dich«, und fährt fort: »Ich möchte dich gerne besser kennenlernen.«

Ich bin erstaunt und kann mich nicht erinnern, ihm jemals begegnet zu sein, doch ich antworte:

»Rufe mich einfach an, dann können wir uns irgendwo treffen.«

Das Lächeln, das ich bekomme, erhellt die ganze Straße, und ich betrachte diesen gutaussehenden Mann, der in

starken, reinen Farben in all seinen Wesensteilen strahlt. Dann verabschiedet er sich und geht auf dieser Straßenseite weiter, verschwindet aber, einfach so…

Ich steige in mein Auto, fahre an den Häusern entlang, spähe in die Geschäfte, aber nein, er ist verschwunden. Ich schiebe dieses Erlebnis aus meinen Gedanken, fahre zum Einkaufzentrum Südwest, parke dort das Auto, und da steht er wieder vor mir. Er lächelt mir entgegen und winkt, bitte langsam – wie ist denn das möglich?

Bis jetzt habe ich noch nichts von ihm gehört, doch im Sommer, als ich aus dem Laden Noatún komme, steht er plötzlich vor mir und sagt, er habe auf mich gewartet.

Ich versuche, unbemerkt in seine Nähe zu kommen und berühre seinen Mantel, der sich anfühlt, als sei er aus Wolle – und er sagt noch einmal, daß er mich kennt und mit mir Verbindung aufnehmen will, und ich sage, ja, rufe aber bitte vorher an.

In dem Augenblick kommt ein Mädchen auf mich zu, mit dem ich früher einmal gearbeitet habe, ich begrüße sie und lasse den Fremden einen Augenblick aus den Augen. Als ich mich aber zu ihm umdrehe, ist er verschwunden, und ich frage Krístin:

»Hast du gesehen, wo er hinging?«

»Erla, von wem redest du denn?«

»Ach…«, und ich wechsle schnell das Thema, denn ich bin schon gewohnt, nicht so wie alle anderen zu sehen.

(im Herbst 2009)

Im Sommer 1973

Wir wollten damals einen Ausflug machen, die ganze Familie, ausgerüstet mit Zelt, Gaskocher und Schlafsäcken. Im Westland fanden wir auch bald einen guten Platz für uns, und dort bauten wir die Zelte auf. Die Kinder redeten dann davon, daß wir hier gar nicht allein wären: Es gab so viele Pferde, auch waren Rufe und Geschrei von irgendwelchen Leuten zu hören.

Wir setzten uns und begannen zu essen, und ich deutete für die Kinder auf Elfenwesen und Gnome, die auf einer anderen Frequenzebene zu sehen sind als unsere Erdenwelt.

Nach einigen Spielen und dem Aufwasch wollten wir uns zum Schlafen hinlegen. Doch da war plötzlich alles ganz anders geworden: völlig ungewohnter Lärm, Schwerterklirren, Schreie und Stöhnen war zu hören.

Ich spähte aus dem Zelt hinaus und traute meinen Augen nicht: Wir waren mitten in einem Kampfgetümmel!

Und damit war unser Ausflug zu Ende, wir packten schnell unsere Sachen zusammen und fuhren in die Stadt zurück. Später stellte sich heraus, daß wir uns auf das Gebiet und in das Jahrhundert der Sturlungar-Kämpfe – das war etwa um 1200 – verirrt hatten.

So ist das mit dem Hellsehen, man kann sich leicht in der Zeit irren. – Oder gibt es überhaupt eine Zeit?

Sommerreise mit unserem Reisebegleiter

Einmal, es war in einem schönen Sommer, fuhren wir Richtung Westen hinaus in unser liebes Land, wir, die Eltern und unsere drei Kinder. Immer wenn wir mit dem Auto wegfahren, mache ich ein Kreuzeszeichen über die Kinder und das Auto und bitte ein helles Wesen, über uns zu wachen. Wir wollten so etwa einen halben Monat unterwegs sein.

Unser erster Halt war bei einem alleinstehenden, einzelnen Felsen, der »Einsiedler« genannt wird, jedenfalls von den Leuten, die nur den Felsen sehen. Und es stimmt, dort wohnt ein alter Elfenkerl, der oft die Autos anhielt, den Leuten als alter Wandergeselle erschien und darum bat, mitgenommen zu werden. Wenn man dann losfuhr, war er plötzlich und spurlos verschwunden.

Wir hatten vorgehabt, dort bei seinem Haus anzuhalten, wir wollten ihn herausrufen und fragen, ob es Neuigkeiten gäbe. Als wir aus dem Auto stiegen, sahen wir eine weiße Möwe. Dieser Vogel hielt sich in unserer Nähe und flog sogar ein Stück weit mit uns. Dann flog er über den Zaun, der um das Haus war, und wir kletterten auch hinüber, und als wir uns ins Gras setzten, setzte er sich ganz in unsere Nähe. Ich konnte sehen, daß er wunderbar hell war und redete davon, daß er wohl eine helle Seele

Sommerausflug mit
unserem Reisebegleiter

sei, die sich in diesem Vogel zeige und uns wahrscheinlich während unserer Autofahrt begleiten würde; doch das wollten nicht alle glauben.

Als wir dann anfingen zu singen, erschien der alte Kerl am Fenster. Ich konnte ihn nie ganz sehen, doch die Kinder begannen, um sein Haus herumzurennen. Mir gefiel das sehr, weil ich weiß, daß viele weder den Kerl noch sein Haus sehen können, doch warum wohl? Warum sehen manche mehr und besser als andere?

Die ganze Zeit, während unserer Hin- und Rückreise, begleitete uns dieser Vogel, bei Tag und bei Nacht. Einmal, als wir gerade einen steilen Hang hinauf fuhren, benahm er sich ganz eigenartig. Er setzte sich vorne auf die Motorhaube und schrie. Da fuhr mein Mann rechts an den Straßenrand und hielt an.

Alle stiegen aus, und unser Freund ließ sich ganz in der Nähe auch nieder. Die Kinder fingen an, Beeren und schöne Steine zu suchen. Ich holte Vorräte aus dem Auto, und der Vater fotografierte die Umgebung. Wir waren weit oben an einem Berghang und hatten eine herrliche Aussicht. Dann kam ein anderes Auto den Berg herauf, es fuhr ganz schnell und war im Nu heran.

Wir standen am Straßenrand und winkten, doch die Menschen in dem Auto waren schlechter Laune, sie winkten nicht zurück. Wir wollten doch nur ein bißchen mit ihnen reden und sie auf die Schönheit der Natur aufmerksam machen. Nein, sie waren wohl in Eile und hatten für so etwas keine Zeit!

Nach einer Weile schmierte ich Brote, und die Kinder versuchten, sich dem Wesen, das uns begleitete, zu nähern. Unser Freund war sehr scheu und flog gleich weg, doch die Kinder legten Brotstückchen auf einen Stein, und als alle saßen, nahm auch er das Brot. Wir waren also sechs, d. h. fünf Menschen und ein Vogel, und ließen es uns gut schmecken. Danach wollten wir weiterfahren, doch als wir gerade ins Auto stiegen, hörten wir die Warnsirenen von Polizei und einem Unfallwagen, sie rasten an uns vorbei.

Als sie verschwunden waren, fuhren wir weiter. Die Straße glich mehr einem Feldweg, sie war holperig und schlecht. Bald kamen wir an die Stelle, dort wo das Unglück geschehen war. Ja, hier wurden die Polizei und der Krankenwagen gebraucht. Und weißt du was? – Das war das kleine Auto, dessen Insassen keine Zeit gehabt hatten und uns nicht einmal winken wollten. Das kleine Auto war mit einem großen Lastwagen, der den steilen Abhang heruntergekommen war, zusammengestoßen, seine Bremsen hatten versagt!

Ach, wir sahen einander an und dachten alle dasselbe: Was wäre, wenn der Vogel sich nicht bemerkbar gemacht hätte? Deshalb hatten wir Halt gemacht und waren ausgestiegen. Eine Weile standen wir stumm und still und dankten denen, die unsere Gebete gehört hatten. Hier war sonst wenig Verkehr, und wenn wir nicht angehalten

hätten, wären wir wahrscheinlich mit diesem Lastwagen am Hang zusammengestoßen.

Unser Freund bekam an diesem Abend eine Scheibe Brot mit vielen dankbaren Gedanken.

Das Indianerdorf

An Ostern 2007 fuhren wir, meine Tochter Uta, ihre Kinder und ich, zu Stefán, meinem Sohn, nach New Jersey in den USA. – Wir sahen vieles und hatten unseren Spaß, die Natur war ganz anders als in Island, und es gab große Ausstellungen, vielerlei Geschäfte, viele Menschen und andersartige, schöne Gebäude, aber auch häßliche; ungewohnte Gerüche und andere, ganz verschiedenartige Naturwesen: Man sah sehr schöne Baumwesen und Bäume mit Blüten auf den Zweigen: Apfelbäume, Kirschbäume, auch Mandel- und Kastanienbäume, das war für uns Isländer ganz neu und ungewöhnlich.

Doch jetzt möchte ich erzählen, daß Sarah, meine Schwiegertochter, oft davon gesprochen hatte, daß sie mir einen Ort zeigen wollte, an dem besonders hochgewachsene Bäume stehen. Wir waren zum Essen bei ihren Eltern eingeladen, und an diesem Tag wollte sie uns diesen Wald zeigen. Deshalb schmierte sie Brote und füllte einen Picknickkorb mit Proviant und Getränken.

Wir fuhren in zwei Autos. Stebbi, Sarah und die Jungen fuhren vor uns her, wir kamen im Mietwagen hinterher: Uta, meine Tochter, ihre drei Jugendlichen und ich. Wir kamen bald in diesen Wald, und ich deutete nach links und rechts: Seht nur diese Indianer, wie sie rennen, und seht die wunderschönen Elfen, die sich in den Zweigen der Bäume aufhalten!

Meine Mitinsassen sagten: Ja, was soll denn das hier sein, ist das ein Park, eine Ausstellung oder was?

Das Auto vor uns bog mit einem Mal nach rechts ab und hielt an einem großen, baumlosen Platz an. Die Kinder stiegen schnell aus, auch die Vorräte wurden ausgeladen, bevor ich mich noch richtig orientieren und sehen

konnte, wo wir waren. Ich setzte mich auf das Trittbrett des Autos und betrachtete die Umgebung.

Und auf einmal sah ich eine große Zeltstadt, in der viele Menschen waren, in völlig anderer Kleidung, mit anderer Hautfarbe, Kinder, Frauen und Männer, jung und alt. Viele saßen da und schnitzten, manche rührten in Töpfen, andere woben oder schienen Wolle zu filzen. Ich versuchte energisch, diese Visionen zu vertreiben. Ich stand auf und folgte den beiden Jungen meines Sohnes einen Hang hinunter, da unten war ein Fluß.

Dort standen Frauen, die Wäsche wuschen, Kinder spielten in ihrer Nähe, und ich überlegte, ob meine Enkelkinder wohl auch in die Zeit zurücksehen könnten?

Da rief Ýmir: »Seht mal!« – Und im gleichen Augenblick sah ich viele Pferde und Reiter mit Gewehren bewaffnet; sie begannen, auf die Frauen und Kinder zu schießen, die versuchten zu fliehen, und ich rief meinen Kindern zu: Oh, kommt! Kommt schnell, hier können wir doch nicht bleiben!

Ich konnte nichts tun, als zum Auto zurückzugehen. Ich weinte und zitterte und sagte meinem Sohn, daß wir hier nicht bleiben könnten, es wäre ja ganz schrecklich. Die Reiter schossen auf die Menschen, viele fielen, andere versuchten zu fliehen, und die Zelte der Indianer wurden angezündet.

»Liebe Mama«, sagte mein Sohn, »das alles geschah doch vor mehr als hundert Jahren!«

Und er begann, die Vesperbrote auszupacken. Doch ich konnte nur weinen und sagte, ich könnte das nicht aushalten, ob er mich nicht dort oben auf den Weg bringen wolle, dort würde ich dann auf die anderen in unserer Gruppe warten. Sie könnten inzwischen weiter in Ruhe ihre Vesperzeit halten.

Und so geschah es.

Als wir zu Sarahs Vater kamen, erzählte sie ihm, an welchem Ort wir angehalten hatten und daß mir das so schlecht bekommen sei. Er legte seine Hand aufs Herz und sagte:

»Oh, my God, bist du dort mit deiner Schwiegermutter gewesen? Das hättest du doch wissen müssen, daß das einen starken Eindruck auf sie machen würde und schwer zu ertragen ist: Dort war nämlich einmal ein großes Indianerdorf. Die meisten Menschen wurden damals umgebracht. Mein Gott, ich schäme mich, daß ich zur weißen Rasse gehöre! Wie können Menschen nur so grausam und unmenschlich sein?«

Abendkaffee in Blesugróf in Reykjavík

Einmal wurde ich zum Abendkaffee in einem Haus in Blesugróf eingeladen. Blesugróf ist ein kleines Wohnviertel, das damals ganz am Rand von Reykjavik war.

Ich kannte die Gastgeber nicht näher, doch es waren gute Menschen. Sie war ein wenig violett, doch er war meist blau, ein guter und zuverlässiger Mensch; wenn ich mich recht erinnere, war er Elektriker.

Doch das wollte ich eigentlich nicht erzählen, was ich sagen wollte, war: Als ich dort hinkam, sah ich dieses Haus sehr gut, doch als ich vor der Haustür stand und klingeln wollte, verschwand das Haus plötzlich und ich sah nur noch eine Brandruine.

Ich bekam einen Schreck und kehrte um.

Ich wartete eine Weile, und da kam das Haus wieder zurück. Dort stand ich noch eine Weile, bis die Leute im Haus mich draußen sahen und mir öffneten. Ich ging hinein, begrüßte sie und fragte dann:

»Hat es hier im Haus schon einmal gebrannt?«

»Nein, nicht in diesem Haus. Aber das Haus, das früher auf diesem Grundstück stand, ist völlig abgebrannt. Aber das war vor vierzig Jahren. Hast du jemand von damals gekannt?«

Kvöldkaffi
Abendkaffe

»Nein, nein, ich habe nur etwas Verrücktes gesehen.«

»Bitteschön, liebe Erla, willst du nicht ablegen und ins Wohnzimmer kommen, hier sind Blumenelfen und Zimmerelfen, besonders im Ostteil des Hauses. Die Grundfläche des alten Hauses war damals viel kleiner als dieses Haus heute.«

Und dann wurde es noch ein guter Abend, wir unterhielten uns und tranken Kaffee. Später verabschiedete ich mich und befal sie in Gottes Obhut, auch diejenigen, die vorher an diesem Ort gelebt hatten.

(Reykjavík 1974)

Hilferufe

Als mein Sohn Stefán 1994 in Ann Arbor krank wurde, lernte ich dort eine andere Mutter kennen, die auch bei ihrem Sohn saß.

Die Krankheit befiel das Herz. Leider wurde ihr Sohn in den Himmel gerufen, er, der so jung und stark und im Alter meines Sohnes war! Ich saß dort und betete von ganzem Herzen, und eines Tages wurde mein Sohn dann aus der Intensivstation in die allgemeine Abteilung für Herzkranke gelegt. Ein großer Schirm zeigte dort das Krankheitsgeschehen an.

Das Fieber schwankte zwischen 41° hinunter bis 36,4° mehrmals am Tag. Alle halbe Stunde erschien eine Krankenschwester, um nach meinem Sohn zu sehen. Ich saß meist neben dem Bett meines Sohnes, der im Halbschlaf war, und häkelte, doch als ich wieder einmal auf den Schirm schaute, sah ich, daß das Fieber wieder anstieg. Ich wurde ganz unruhig und begann, Maria, die Mutter Gottes, anzurufen und zu beten.

Wahrscheinlich war ich nicht ganz in meinem Körper: Da öffnete sich die Tür und ein wundersames Wesen erschien in blauen Gewändern und mit einem weißen Tuch über dem Haupt. Es schwebte zu mir, und mich umgab wunderbarer Rosenduft. Sie stand neben mir, und ich fühlte ihre Kleidung.

Heilig Maria Ein Hilferuf 1 und 2

Jetzt öffnete sie ihre Hände – als sie eintrat, sah ich, daß ihre Hände in Gebetshaltung waren – und ich sah, daß sie voll von glänzendem Sand waren. Sie streute ihn über meinen Sohn, vom Kopf bis zu den Füßen, und gleichzeitig hörte man silberne Glöckchen klingen.

Dann klopfte jemand an die Zimmertür, und die Schwester erschien wieder. Was ich sah, ist verschwunden, doch die junge Frau fragte mit Verwunderung in der Stimme: Oh, wo sind denn diese Rosen, die so wunderbar duften?

Von diesem Tag an ging es meinem Sohn besser, und alles wurde wieder ganz normal. Das war bestimmt die Heilige Mutter mit ihrer Kraft und ihrem Segen.

Um Ostern im Jahr 1996 wohnte mein Sohn in Akureyri, mit seiner Frau und dem Söhnlein, das damals etwa ein

halbes Jahr alt war. Sie waren vor kurzem von Ann Arbor aus den USA nach Island gekommen.

Dort hatte er diese eigenartige Krankheit gehabt, die sich schwer auf junge Menschen legte. Damals erkrankten etwa zwanzig Menschen, und die Hälfte davon starb. Mein Sohn war immer noch schwach, obwohl er nun nach Hause gekommen war. Ich besuchte ihn für ein paar Tage im Nordland und wollte am Gründonnerstag wieder zurück nach Reykjavík fahren.

Also verabschiedete ich mich und machte mich auf den Weg in den Süden, doch als ich ins Öxnadal kam, wurde mir so übel, daß ich umkehren mußte.

Als ich wieder nach Akureyri kam, war mein Sohn sehr krank geworden. Ich ging in das Zimmer, in dem ich die letzten drei Nächte geschlafen hatte, und rief zu meinem Gott.

Draußen vor dem Fenster wurde es auf einmal ganz hell, dieses Licht glich einer großen Sonne, die das ganze Zimmer erhellte.

Ich war ganz verwundert, aber auch froh und bitte im Stillen, daß diese Helligkeit meinen Sohn umfange und ihm helfe. Nach einigen Minuten ging ich wieder nach vorne. Da kommt mein Sohn lächelnd aus seinem Schlafzimmer und sagt:

»Was hast du denn gemacht, Mama? Es war, als falle ich in eine tiefe, warme Umarmung, und nach wenigen Minuten war das Fieber und das Unwohlsein ganz verschwunden.«

Und Sarah sagte: »Auf einmal war es, als seien viele Lichter angezündet worden! Was ist denn geschehen?«

Ich hatte um Hilfe für meinen Sohn gebetet.

Am nächsten Tag fuhr ich wieder Richtung Süden, und auf dem Heimweg dankte ich meinem Gott für seine Hilfe.

Im Lauf der Zeit

Früher ging ich manchmal draußen vor der Stadt beim See Elliðavatn spazieren. Das ist etwa 15 bis 20 Jahre her.

Ich war damals häufig dort und betrachtete die Umgebung, denn hier wurde in grauer Vorzeit das Thing (Elliðaár-Þing) abgehalten. Ein Teil dieser alten Anlage liegt inzwischen unter dem Wasserspiegel, doch ich saß oft bei der alten Brücke – zwischen den Seen Helluvatn und Elliðavatn – und sah zurück in alte Zeiten.

Man konnte dort einen aufgebauten Ring aus Steinen erkennen, über den damals Felle gespannt waren. Auch gab es einige Hütten, eigentlich etwas wie Häuser dieser Zeit, die ganz in die Erde eingegraben waren. Schuldner und Verbrecher wurden dort verwahrt.

Es war interessant, dort zu sitzen und zu meditieren, wie das wohl heute genannt wird. Man sitzt einfach da, läßt das Bewußtsein in die Zeit zurückgleiten und läßt sich träumen.

Damals waren die Menschen viel unterwegs, sprachen anders, benahmen sich anders und waren auch anders gekleidet. Dann war da noch etwas; man findet das heute komisch, doch war es das damals nicht: Wenn ich dort spazieren ging, war es, als wüchsen aus meinen Fußspuren Bilder und Bauten, z. B. Häuser, die vornehm und ganz anders aussahen als diese uralten Baureste.

Foraminjar i valmian var qju è parra.

Ich fand das spannend, viele Häuser waren groß und phantastisch. Doch höre nun und staune: Im Sommer 2009 sind diese Häuser dort Wirklichkeit geworden, sie entstanden aus Beton und sehen so modern und schön aus. Vor vielen Häusern stehen auch noch elegante Autos. Der Geruch von früher ist ganz anders geworden und auch die Menschen. Hier hatte ich vieles gezeichnet und aufgeschrieben, das paßt nun alles in die heutige Zeit!

Das zeigt uns, daß es eigentlich keine Zeit gibt. Nicht wahr?

Beobachtungen in der Natur

Hast du schon einmal Meermännlein gesehen? Sie gleichen den Meermaiden, doch es sind Buben.

Beim Breiðafjörður, eigentlich dort am Skógarstrand, gibt es vielerlei geheimnisvolle Kräfte. Wenn du dort am Strand entlang gehst, kannst du Fjörulallar – die manchmal wie Seehunde aussehen, aber auch andere Formen annehmen können – Seekühe und Schafe sehen, die anders sind, als die Tiere der Menschen oder der Elfen. Diese Meerwesen des Huldufólks scheinen sich in Farbe und Form zu verändern.

Ich sehe meist Flundern, die groß und hell sind, ja, sie erscheinen sogar heller als die der Fischer in der Menschenwelt. Du könntest, wenn du willst, das auch einmal wahrnehmen, wenn du dich hinlegst und deinem Bewußtsein erlaubst zu spielen, in andere Frequenzen hineinzuhorchen und durch deine verschiedenen Energiestationen hinauszuspähen.

An den Hängen des Snæfellsjökulls (das ist der Schneefeldgletscher im Westland) traf ich einen kleinen Jungen, der einem anderen Jungen erzählte: Wenn er die Kirche der Verborgenen auf dem Berg Arnarstapi sehen wolle, solle er in sich hineinsehen und dann sein Bewußtsein hinten am Hals und durch die Stirn nach außen führen. Willst du das auch versuchen?

Wir setzten uns auf das höckerige Gras dort – und schau, die Umgebung veränderte sich, der Kleine rief ganz erstaunt: »Sie glitzert ja!«

Ich versuchte es auch, sah aber nur das Kreuz der Kirche, das vier Arme hat, aber nicht das Haus. Das ist also möglich, versuche es nur. (Hier wird von der Kirche des Huldufólks, der Verborgenen, gesprochen.) Es macht auch Spaß, so das Meer, den Strand und die Umgebung in anderen Weiten und anderen Zeiten zu erleben!

Eine Zusammenarbeit von Menschen und verborgenen Wesen ist empfehlenswert

Im Frühjahr 2007 rief mich ein Werksleiter vom Straßen-bau an und bat um meine Hilfe. Er hatte die Aufgabe, eine Straße zu bauen und Wasserleitungen und elektrischen Strom in ein Sommerhausgebiet hier im Westland zu legen.

Diese Aufgabe erwies sich als sehr schwierig: Ein großer Lastwagen mit zwanzig Rädern und einer Ladung Sand war auf die Seite gekippt, eine Ursache war nicht zu finden, der Weg dort war ganz gerade und eben.

Menschen und verborgene Wesen.

Außerdem war auch noch ein langes Rohr durch das Fenster des Lasters gerutscht, zwar wurde dabei niemand verletzt, doch gab es einen größeren Sachschaden. Alle, die dort arbeiteten, fanden das irgendwie seltsam und ungewöhnlich. Einige Arbeiter waren sogar schon zurück in die Stadt gefahren. Sie hatten ihre Arbeit verlassen, weil sie dieses Geschehen unheimlich fanden.

Dann wurde der Werksleiter gefragt: »Willst du nicht Erla anrufen?«

Als wir dorthin kamen, konnte ich mehrere Gruppen von alten, schlechtgelaunten Huldukerlen erkennen. Es sah so aus, als wären mehrere Protestkundgebungen im Gange. Das fand ich sehr komisch.

Ich bat meine Freunde, die mit mir im Auto mitgekommen waren, auszusteigen, damit ich in Ruhe mit diesen Huldukerlen verhandeln könnte. Ich rief drei Kerle zu mir ins Auto und fragte, was eigentlich los sei, und sie antworteten klar und deutlich, daß die Menschenwesen dabei wären, dieses Gebiet zu zerstören und sie zu vertreiben, sie beide, die Elfen und das Huldufolk.

Ich sagte ihnen, daß das nicht so gut wäre, wenn sie ihren Ärger an den Arbeitern ausließen, sie sollten sich doch an diejenigen wenden, die das Land verkauft hatten! Ja, da wurden die drei ganz nachdenklich. Und dann versprachen sie, von nun an darauf zu achten, daß dort niemand mehr bei der Arbeit verletzt würde oder verunglückte. Doch könnte es schon sein, daß ihre Leute weiterhin die Menschen ärgern würden.

Und so geschah es.

Später hörte ich, daß der, der das Land verkauft hatte, krank geworden sei.

Mehr von Menschen und verborgenen Wesen

Im Sommer 2010 träumte ich wieder von diesen Elfenkerlen im Borgarfjörður, die ich vor drei Jahren getroffen hatte. Damals baten sie mich, zwischen Menschen und den Naturwesen zu vermitteln.

Als sie mir im Traum erschienen, trugen sie dieselbe Kleidung wie bei unserem Treffen, aber sie waren abgemagert und sahen nicht so gut aus wie damals. Sie fragten mich im Traum, ob ich nicht bereit sei, zu ihnen zu kommen und mit ihnen zu reden. Ich erwähnte, daß ich krank gewesen sei und deshalb nicht viel reisen könnte.

Ja, doch, sie hatten davon gehört, sagten aber zum Schluß: »Also gut, du kommst dann in der nächsten Woche!«

Die Tage vergingen, am nächsten Wochenende saßen zwei Freundinnen, Johanna und Begga bei mir. Draußen war wunderbares Wetter.

Dann sagte ich auf einmal:

»Ich möchte so gern mit dem Auto aufs Land fahren, weil das Wetter so schön ist.«

Johanna sagte: »Ja, ich bin zu allem bereit, ich habe nämlich nächste Woche frei.«

Der Montagmorgen ist hell und mild, Johanna ruft an: »Wollen wir diesen Tag nutzen, wo sollen wir dich heute hinbringen?«

»Ich möchte in den Borgarfjörður, meine alten Kerle warten schon auf mich.«

»Und auf welchen Hof wollen wir fahren?« fragte sie.

»Frag nicht, auf welchen Hof!«, antwortete ich. »Sie leben doch draußen in der Lava!«

»In Ordnung, ich komme um ein Uhr«, sagte Johanna.

»Ja, danke, ich werde bereit sein«, sagte ich. »Unterwegs können wir dann auch Begga mitnehmen.«

Um zwölf Uhr dreißig klingelt bei mir das Telefon. Meine Freundin Katrín in Akureyri fragt:

»Weißt du, was ich heute Nacht geträumt habe?«

»Nein, ich habe keine Ahnung.«

»Zu mir kamen zwei komische Kerle aus dem Borgarfjörður, das waren sicher Elfenkerle, sie sagten, sie wollten noch mehr Elfenkerle zusammenrufen und treffen, um im Osten, beim Kraftwerk in Kárahnjúkur zu helfen. (Dort wurde durch den Bau dieser großen Anlage so viel Natur zerstört.) Sie sagten, sie wollten jetzt Menschen und Elfen zur Mithilfe zusammenrufen.«

Ich staunte, denn hier zu Hause machte ich mich gerade bereit, in den Borgarfjörður zu fahren, und sagte ihr, wir wollten diese Kerle heute dort treffen. Meine Freundin war erstaunt, sie beschrieb noch einmal, wie sie angezogen waren und wie sie aussahen.

Um ein Uhr fuhren wir los, die Autofahrt dauerte etwa zwei Stunden. Das Wetter war wunderbar, die Bergtívar glitzerten, und ich beschrieb unterwegs meinen Freundinnen, was ich sah.

Wir genossen den Tag, den Sonnenschein und unser Zusammensein. Der Borgarfjörður breitete dann seine Arme aus und begrüßte uns mit schönen Bauernhöfen und kleinen Dörfern der Elfen und Zwerge.

Wir bogen dann von der Hauptstraße 1 ab, und nach kurzer Fahrt sah ich die Kerle schon von weitem. Sie gingen und hüpften dem Auto entgegen. Ich deutete hinaus:

»Seht ihr, dort sind sie.«

Wir hielten an, ich öffnete die Türe und setzte mich aufs Trittbrett des Autos. Dann begann unser Gespräch. Ich dankte ihnen, daß sie im Norden gewesen wären, um mit meiner Freundin Katrín zu reden.

»Ja, wir wollten auch die Wesen, die auf ihrem Land im Eyjafjord sind, treffen.«

Ich fragte: »Und was geschieht jetzt?«

»Wir wollen dort im Osten Friedenskreise (Gebetskreise) gründen – du kennst das, nicht wahr?«

»Ach ja«, sage ich. »Das ist sehr gut.«

Nach langen Gesprächen verabschiedeten wir uns, und sie bedankten sich, daß wir gekommen waren. Dann drehte ich mich um und sagte siegessicher zu meinen Freundinnen:

»Ja, was sagt ihr jetzt? Nun konntet ihr etwas sehen und hören!«

»Ach nein, wir haben leider gar nichts gesehen. Wir hörten nur, was du gesagt hast!«

Nun war ich ganz erstaunt. Wie kann das sein, daß manche weder sehen noch hören können?

Der Pferdehof

Im Frühjahr 2009 wurde ich gebeten, auf einen Hof östlich von Reykjavík zu kommen, um dort Frieden zu schaffen. Mir wurde gesagt, auf dem Hof seien viele Pferde, und in der Halle, in der die Reiter aufsitzen und absteigen, scheuten die Pferde an einer bestimmten Stelle.

»Könntest du dort hinfahren und sehen, was zu machen ist?«

»Kein Problem«, antworte ich und benachrichtigte meine vier Freundinnen.

Wir machten uns auf den Weg Richtung Osten. Dort angekommen, erschienen vor uns drei Hügel: Aus dem mittleren Hügel war Erde weggegraben worden. Und dort sah man eine Felsenwand aus Säulenbasalt.

Das war eine Kirche des Huldufólks gewesen, man konnte immer noch den obersten Teil der Kirche erkennen. Dort herrschte Unruhe, aber uns wurde gesagt, die Bewohner bemerkten nichts davon, doch weiter unten sei diese Reithalle, in der es nicht mit rechten Dingen zuginge.

Ich wollte diesen Ort nicht verlassen, ohne vorher die Naturwesen um Verzeihung zu bitten. Darum bat ich meine Freundinnen, mit Kerzenlicht und Weihrauchstäbchen dort hinzugehen. Dann rief ich diejenigen zusammen, die in den Häusern auf beiden Seiten der Kirche wohnten und bat darum, daß ihnen Licht und Frieden geschenkt würde. Das wurde eine schöne Stunde mit lieblichen Tönen.

Wir fuhren dann hinunter zur Reithalle, sie war sehr groß. Mein kleines Auto war darin wie ein Fingerhut in einem Ölfaß.

Als wir dort hineinkamen, erhoben sich vor uns eigenartige, kleine Wesen, die Fratzen schnitten und greinten, doch das Auto ließ sich nicht verscheuchen. Dann sah ich, daß ich auf einem Pfuhl angehalten hatte, der aufgefüllt worden war. Sehr seltsame Wesen gehören draußen in der Natur zu diesen eigenartigen Sumpflöchern.

Und der Besitzer bestätigte, daß dort solch ein Sumpfloch gewesen wäre, das sie aufgefüllt hätten. Ich entschied, was hier zu machen war. Ich rief die Elfen oben am Hang und bat sie, diese kleinen Wesen wegzujagen. Sie sollten sie einfach hinaus auf die Wiese treiben, während meine Begleitung mit Weihrauchstäbchen und Lichtern nachfolgte.

Danach wurde alles ruhig. Seitdem hat es dort keine Unfälle mehr gegeben. Jedenfalls habe ich nichts davon gehört.

(Frühling 2008)

Die Prinzessin seiner Träume

Er fand sie. Er sah sie eines Abends bei Opa und Oma auf dem Land und lernte sie kennen:

»Es war ein Tanzfest nach altem Brauch. Dort war alles ziemlich einfach, es gab altmodische Musik, alte Leute, aber auch Jugendliche und Kinder auf dem Tanzboden.

Doch wenn du das niemandem verrätst, kann ich dir sagen, daß es lustig war. Die jungen Burschen hatten kleine Flaschen mit alkoholischem Inhalt dabei. Ich war von solchen Sachen nicht angetan, zeigte mich aber auch mit einer Flasche, darin war Wasser, obwohl alle glaubten, es sei klarer Schnaps.

Plötzlich sah ich sie, wo kam sie her?

Sie sah so wunderschön aus mit ihrem goldblonden Haar. Wir wurden voneinander angezogen, und ich tanzte den ganzen Abend mit ihr. Sie war so freundlich, hübsch und gut gewachsen, ich mußte schlucken, wenn ich sie ansah. Soley Björt hieß sie. Sie war zu Besuch bei Sveinki, ihrem alten Großvater.

Ich wußte nicht, daß er eine Enkelin hatte. Wir gingen dann zusammen in die Nacht hinaus, redeten miteinander und genossen die Gegenwart des anderen. Ich wollte nicht zu aufdringlich werden, glaubte, wir hätten noch das ganze Leben vor uns. Beim Abschied hatten wir die Telefonnummer und Adresse voneinander in der Tasche. Wir wollten uns bald wieder treffen.

Jetzt ist das drei Jahre her. Ihre Adresse stimmte nicht, die Hausnummer gab es nicht und die Nummer ihres Handys antwortete nie. Warum? Ich suchte weiter.

Als ich neulich in der Nähe von Beneventum bei der Öskju-hlið (Anhöhe, mitten in Reykjavík) spazieren ging, glaubte ich, sie zu sehen. Ich war ganz sicher, daß sie es war, und rannte los. Doch sie verschwand so plötzlich, als sei sie nicht von dieser Welt. Mein Gott, willst du mir helfen, sie wiederzufinden? Sie war so lieblich und gut!

Meine Mutter machte sich Sorgen um mich, sie fand, ich benähme mich in letzter Zeit so komisch.

Dann traf ich eine alte Frau. Sie beschäftigte sich damit, anderen zuzuhören und guten Rat zu geben. Ihr habe ich meine Geschichte erzählt. Und weißt du, was sie gesagt hat?

›Mein lieber Freund, die Liebe ist nicht in diesem Bild festgehalten, sie wohnt nämlich in deiner Brust. Das ist das Frühjahr in deiner Seele, das du liebst und suchst.‹

Darüber werde ich jetzt nachdenken.«

Die Freundinnen

Wir hatten uns angewöhnt, zusammen zur Schule zu gehen, damals waren wir beide 13 Jahre alt, lernten uns am ersten Schultag in der Schule kennen und fanden her-aus, daß wir Nachbarn waren. Sie hieß Hilda und ich Edda. Wir waren auch zusammen in der Musikschule und sogar beim selben Lehrer. Eine von uns war dunkel und groß, die andere hell und klein.

Die andere hatte eine eigenartige Gabe, sie konnte – wie im Spiel – im Nu verschwinden. Um sie herum bildete sich dann eine Hülle, die aussah wie zerknittertes Cellophan, und wenn diese ganz nah herankam, verschwand sie darin. Warum und wie? Das habe ich nie herausgefunden.

Einmal waren wir auf dem Schulweg, und ich deutete an, daß sich diese eigenartige Hülle über sie zu breiten schien.

»Ach was«, sagte sie, »nein, doch nicht jetzt!«

Aber als wir über die Brücke gingen, erschien diese Hülle, und sie ging einfach in sie hinein. – So etwas! Sie war verschwunden, was sollte ich jetzt tun?

Zuerst sah ich mich um, dann beugte ich mich übers Brückengeländer, sah unter die Brücke, nein, weit und breit war nichts zu sehen. Ich ging dann weiter, schlich ins Klassenzimmer, und setzte mich an meinen Platz. Der Lehrer rief die Namen der Schülerinnen auf: Hilda, Hilda!

Ihr Name wurde zweimal aufgerufen, und ich sagte dann, sie sei wohl krank. – Sollte ich etwa sagen, sie verschwand unterwegs auf der Brücke? Das war doch kaum glaubhaft! Die anderen Mädchen standen später um mich herum und fragten nach ihr – ach, was sollte ich antworten?

Auf dem Weg nach Hause setzte ich mich dorthin, wo sie verschwunden war, und auf einmal erschien etwas wie

Tjaldið, varð ósýnileg

Freundinnen

zerknittertes Cellophan und dann kam sie wieder zum Vorschein.

»Wo bist du denn gewesen?« fragte ich.

»In der Schule«, sagte sie. »Aber nein, nicht mit dir. Dort, wo ich war, war Sommer und Sonnenschein, es war auch eine andere Schule, und die Kinder dort waren so fröhlich und lustig, nur du hast mir gefehlt!«

»Ja, das wäre schön, mit dabei zu sein, das nächste Mal gehen wir zusammen in den Sonnenschein und ins Frühjahr hinein, obwohl es hier November ist! Könnte man vielleicht dort ein Konzert in einer hellen Höhle erleben? Das gäbe uns so viel Kraft und Freude!«

Es ist, als seien zwei Welten in dieser Welt, hast du das schon bemerkt? Manche Menschen finden das selbstverständlich, aber andere ganz unmöglich, kannst du das verstehen? Doch ist es leichter, dort hinzukommen, wenn man auf dem Weg hinauf in die Musikschule ist. Dort spielt man auf all den Instrumenten, die es bei uns zu Hause nicht gibt: Lauten, Harfen und Klangspiel, auch Geigen und noch andere Streichinstrumente.

Wir beide übten uns aber auf dem Klavier und hatten einen wunderbaren Lehrer, der viele Farben in vielen Weiten hatte.

Ein neuer Anfang

Es war Herbst, als wir nach vierzigjähriger Ehe beschlossen hatten, uns scheiden zu lassen. Mir ging es schlecht. Ich hatte geglaubt, daß das Band, das uns zusammenhielt, nie reißen würde. Ich hatte mir selbst und meinem Gott versprochen, mein Leben mit diesem Mann, dem Vater meiner Kinder zu verbringen. Ich wußte nichts anderes, als daß ich ihn liebte.

Er war aber drei Jahre jünger als ich, und es war wohl schwer für ihn gewesen. Deshalb hatte er angefangen, andere Frauen mit wachen Augen anzusehen. Ich war auch

Die Scheidung

nicht mehr so schlank, nachdem die drei Kinder geboren waren, diese gesunden, wunderbaren Kinder.

In diesem Herbst machte ich oft lange Spaziergänge oder fuhr im Auto hinaus aus der Stadt, um mit meinem Gott zu reden.

Derweil waren meine Eltern bei den Kindern, sie waren inzwischen fast erwachsen.

An einem Morgen, nach einer schweren Nacht, ging ich zum Strand hinunter und dann auf einer Landzunge weiter. Ich wollte aufs Meer hinausgehen. Ich hatte das Gefühl, schon weit gegangen zu sein, weil ich die Landzunge nun aus einer anderen Richtung sah, als ein großer und schöner Engel mir entgegenkam. Es bildete sich so etwas wie eine Lichtbahn von ihm zu mir, und als ich ganz nahe war, hob er die Hand und sagte:

»Du kommst jetzt nicht, du hast deine Aufgaben noch nicht erfüllt.«

Ich glaubte zu fühlen, daß er meinen Arm nahm, mich stützte und ans Land führte.

Ich stand dann am Strand und sah ihm nach. Ich war dort wohl von 11 Uhr bis 16 Uhr 30. Dann fand mich ein Freund. Er sagte zu mir:

»Du bist wohl irgendwo in einem Haus gewesen, denn vorhin hat es stark geregnet!«

Aber das war nicht der Fall. Ich stand dort die ganze Zeit, in einer Art Trance.

Dann dankte ich meinem Gott dafür, mir das Leben wiedergeschenkt zu haben, und versprach, mich aus dieser Situation herauszuarbeiten.

Die Fahrprüfung

Etwa um 1970 lernte ich ein Mädchen kennen, Aðalheiður Friðjófsdóttir hieß sie. Sie erzählte mir eine lustige Geschichte.

Sie wohnte in Húsavík. Als sie 18 Jahre alt war, hatte sie sich auf die Fahrprüfung vorbereitet, und deshalb fuhren ihre Eltern mit ihr nach Akureyri, damit sie dort die

Fahrprüfung machen könnte. Das war im frühen Herbst, bei gutem Wetter. Wie es damals üblich war, übernachteten sie bei ihren Freunden. Die Fahrprüfung ging gut und am nächsten Tag wollten sie wieder nach Hause fahren.

Als sie aber auf die Vaðlaheiði kamen, fing es an zu schneien, und bald wurde das Schneetreiben so stark, daß der Vater sagte, es sei wohl am besten, umzukehren.

Nun mußte man eine Stelle finden, wo man mit dem Auto wenden konnte. Plötzlich sahen sie einen Ausweichplatz, der groß und sogar beleuchtet war, als sei dies eine

Plattform über dem Eyjafjord. Der Vater brauchte nicht einmal rückwärts zu fahren, er konnte auf dieser Plattform mit einem Kreis wenden und dann nach Akureyri zurückfahren.

Als sie zu ihren Freunden kamen, erzählten sie auch von dieser Plattform mit Beleuchtung. Aber die Freunde hatten davon noch nie gehört. Am nächsten Tag fuhren sie dann wieder los, und nun bei bestem Wetter. Sie sahen sich unterwegs auch nach dieser Umkehrstelle um, konnten sie aber nicht wiederfinden, weder an diesem Tag, noch später, wenn sie dort unterwegs waren.

Das war etwa um 1940, damals waren diese Straßen noch recht schmale Feldwege. War das nicht ein Fall von Gottes Hilfe?

Das alte Ehepaar

Ein altes Ehepaar wohnte nahe beim Strand. Die Frau hatte eine Freundin, eine Huldufrau im Nachbarhaus. Sie waren gewohnt, einander verschiedene Dinge auszuleihen. Sie hatten genau gleich viele Kinder, und die Kinder spielten miteinander. Ihre Väter fuhren zum Fischfang auf See. Alle wußten, daß der Mann in der Menschenwelt ein Fischer war, doch nur wenigen war bekannt, daß auch der Huldumann ein Fischer war. Der Mann in der Menschenwelt verkaufte seinen Fang im Dorf; nicht bekannt war, was der unsichtbare Mann mit seinem Fischfang machte.

Später geschah es:

Der Mann in der Menschenwelt ertrank. Damals waren seine Kinder in der Menschenwelt schon erwachsen, doch nicht die Kinder in der Welt der Verborgenen.

Die Menschenkinder kamen ins Nordland zur Beerdigung und machten sich Sorgen um ihre Mutter. Doch sie sagte, es wäre alles in Ordnung, sie bekäme Hilfe aus dem nächsten Haus, diesem großen Stein auf der Wiese.

Und nie wurde ihre Speisekammer ganz leer, und immer, wenn sie die Haustür öffnete, lag dort ein Fisch: ein Schellfisch, Dorsch oder Seewolf auf der Schwelle. Und so lebte sie noch 15 Jahre nach dem Tod ihres Mannes, bis auch sie starb.

Einsichten in die Elfenwelt

Als isländische Elfenbeauftragte – eine in der Welt einmalige Institution – ist Erla weltweit bekannt geworden. Seit Kindheit hellsichtig, kann sie aber nicht nur von Elfen und Ortskräfte berichten. In diesem Buch erzählt sie aus Ihrem Leben, von ihren Begegnungen in der Astralwelt, ihren Erfahrungen mit Heilgebeten und regt die Leser mit praktischen Übungen immer wieder an, die eigene Wahrnehmung zu erweitern, denn die Realität ist so viel umfassender und vielfältiger, als es uns auf den ersten Blick scheinen mag.

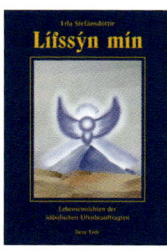

Erla Stefánsdóttir
Lifssyn min
Lebenseinsichten der isländischen
Elfenbeauftragten
Gebunden mit Lesebändchen,
durchgehend mit farbigen Bildern, 208 Seiten
ISBN 978-3-89060-264-6

Ein Quantensprung in unserer Beziehung zur Natur

Nachdem die Vorstellung, daß in der Natur unsichtbare Intelligenzen am Wirken sind, nicht mehr ganz so absonderlich erscheint, wie noch vor Jahren, ist jetzt die Zeit gekommen für dieses Buch, in dem uns einer vom elbischen Volk der Leprechauns erzählt, wie wichtig die Zusammenarbeit der Menschen mit den Naturgeistern ist. Leicht lesbar und auf unterhaltsame Weise bringt uns die Autorin Tanis Helliwell die Welt der Elfen, Devas und Elementale näher – und selbst Skeptiker werden ihr Vergnügen haben und ins Nachdenken kommen.

Tanis Helliwell
Elfensommer
Meine Begegnung mit den Naturgeistern
Ein Tatsachenbericht
Paperback, 224 Seiten
ISBN 978-3-89060-318-6

Die verborgene Welt, die alles durchdringt

Auch wenn es uns nicht bewußt ist: Wir leben alle im Reich der Elementarwesen. Immer und überall durchdringen sie unsere Seele. Die ganze Welt um uns herum ist von Elementarwesen durchseelt. An allem, was in der Natur geschieht, sind Elementarwesen beteiligt. Auch unsere Innenwelt, die Welt unserer Gefühle und Gedanken, besteht aus Elementarwesen. In fast allen Lebenslagen haben wir es mit Elementarwesen zu tun.

Die Elementarwesen der Natur warten sehnlichst darauf, von uns Menschen bewußt ergriffen zu werden. Ihre zukünftige Existenz ist von uns abhängig. Es geht um die Rettung der Elementarwesen.

Thomas Mayer
Rettet die Elementarwesen
Paperback, 192 Seiten
ISBN 978-3-89060-517-3

Das Buch »Rettet die Elementarwesen!« endet mit dem Aus-
blick: »Ich habe die Zukunftsvision, daß das Leben mit Elementarwesen wieder kulturelles Allgemeingut unserer Zivi-
lisation wird.« So weit ist es zwar noch nicht, es ist hingegen
überaus erstaunlich, wie viele – auch »normale« – Menschen
schon heute mit Natur- oder Elementarwesen zusammen-
arbeiten. Mit dreizehn von Ihnen hat Thomas Mayer Gespräche geführt, so ein breites Spektrum an Möglichkeiten
darstellend. – Wir alle können davon profitieren, wenn wir
diese Reiche wieder in unser Bewußtsein integrieren.

Thomas Mayer
Zusammenarbeit mit Elementarwesen
13 Gespräche mit Praktikern
Paperback, 224 Seiten
ISBN 978-3-89060-560-9

Bücher von NEUE ERDE im Buchhandel

Im deutschen Buchhandel gibt es mancherorts Lieferschwierigkeiten bei den Büchern von NEUE ERDE. Dann wird Ihnen gesagt, dieses oder jenes Buch sei vergriffen. Oft ist das gar nicht der Fall, sondern in der Buchhandlung wird nur im Katalog des Großhändlers nachgeschaut. Der führt aber allenfalls 50% aller lieferbaren Bücher. Deshalb: Lassen Sie immer im VLB (Verzeichnis lieferbarer Bücher) nachsehen, im Internet unter **www.buchhandel.de**

Alle lieferbaren Titel des Verlags sind für den Buchhandel verfügbar.

Sie finden unsere Bücher in Ihrer Buchhandlung oder im Internet unter **www.neue-erde.de**

Bücher suchen unter: **www.buchhandel.de**. (Hier finden Sie alle lieferbaren Bücher und eine Bestellmöglichkeit über eine Buchhandlung Ihrer Wahl.)

Bitte fordern Sie unser Gesamtverzeichnis an unter

NEUE ERDE GmbH
Cecilienstr. 29 · 66111 Saarbrücken
Fax: 0681 390 41 02 · info@neue-erde.de